Christoph S

Franz
oder Warum A
nebeneinande

CW01501653

Zu diesem Buch

In der Hauptrolle: Franz, der ewig bekiffte Gymnasiast, der die Ober-
stufe lieber bis zum Umfallen wiederholt, als – Gott bewahre – erwachsen zu werden und sich der fürchterlich komplizierten Welt da
draußen zu stellen. Mit im Gepäck sein Dachs MC, der ideale beste
Freund. In den Nebenrollen: Franz' Kumpel Rambo Riedel, der unver-
gleichliche und dezent alkoholabhängige Hausmeister Eryilmaz, die
Ex-DDR-Lehrerin Doro Apfel – ach, und dann ist da natürlich noch
Venezuela, das Mädchen aus der Nachbarschaft, heißblütig, militant
und andauerndes Thema aller Tag- und Nachtträume von Franz.

»Man darf diesen Roman getrost in das Regal stellen, wo schon J. D.
Salingers ›Der Fänger im Roggen‹ oder Ulrich Plenzdorfs ›Die neuen
Leiden des jungen W.‹ stehen.« *Kreuzer – Die Leipziger Illustrierte*

»Provokativ, frech, politisch unkorrekt und humoristisch, immer auf
der Suche nach der nächsten Pointe und auf den Spuren amerikanischer
Erzähler wie dem frühen Philip Roth, John Updike oder John Irving.«
Drehpunkt – Die Schweizer Literaturzeitschrift

»›Franz‹ wird von allen Schülerinnen und Schülern verschlungen werden, ganz ohne Zweifel.« *Neue Zürcher Zeitung*

Der Autor

Christoph Simon (*06.08.1972) ist Schriftsteller, Kabarettist und Slam-
Poet. Er ist Mitglied der Autorengruppe »Die Autören«, spielt im Ka-
barett-Ensemble »Die Sieger« und ist als Schreibwerkstattlehrer tätig.
Er ist zweifacher Schweizermeister im Poetry-Slam und wurde mit dem
Buchpreis des Kantons Bern, dem Prix Trouvaille und dem Literatur-
preis des Kantons Bern ausgezeichnet. Christoph Simon ist Preisträger
des Salzburger Stiers 2018, dem renommiertesten Kleinkunstpreis im
deutschen Sprachraum. Er lebt in Bern.

Mehr über den Autor und sein Werk auf *www.unionsverlag.com*

Christoph Simon

Franz
oder Warum Antilopen
nebeneinander laufen

Roman

Unionsverlag

Die Originalausgabe erschien im Bilgerverlag, Zürich.

Im Internet
Aktuelle Informationen, Dokumente und Materialien
zu Christoph Simon und diesem Buch
www.unionsverlag.com

Unionsverlag Taschenbuch 789
© by bilgerverlag Gmbh, Zürich 2001/2016
© by Unionsverlag 2018
Neptunstrasse 20, CH-8032 Zürich
Telefon +41 44 283 20 00
mail@unionsverlag.ch
Alle Rechte vorbehalten
Reihengestaltung: Heinz Unternährer
Umschlagbild: Sawitree Pamee, 123rf (Junge); Shutterstock (Dachs)
Umschlaggestaltung: Sven Schrape
Druck und Bindung: CPI – Clausen & Bosse, Leck
ISBN 978-3-293-20789-9

Der Unionsverlag wird vom Bundesamt für Kultur mit einem
Verlagsförderungs-Strukturbeitrag für die Jahre 2016–2020 unterstützt.

Auch als E-Book erhältlich

Meinen Eltern

There's danger outside.
Clint Eastwood

Am Anfang der Alpen

Ich war Gymnasiast und kiffte. Ich kam aus dem Kiffen gar nicht mehr heraus, und wenn ich nicht gerade eine Socke missbrauchte, die Klasse wiederholte oder bei den Eltern im Lerchenfeld das Bewusstsein verlor, dann kiffte ich: auf dem Radweg zum Gymnasium, in den dunklen Ecken der Fahrradeinstellhalle, im Holunderbusch, die ganzen sechs Jahre lang – Anschlussklasse, Terzia, Terzia zum Zweiten, Sekunda, Prima, Prima zum Zweiten –, und ich war so bekifft wie ein Maulwurf auf dem Hochseil.

Mein Dunstkreis war Thun, eine kleine Stadt am Anfang der Alpen. Bis zu meinem zehnten Lebensjahr war Thun einfach der Ort, wo ich meinem Bruder hinterherlief, zwischen zehn und zwanzig der Ort, wo ich mich vor Mädchen versteckte. Dabei hatte Thun einiges zu bieten: einen beglückenden Fluss – die Aare –, einen See mit gründelnden Schwänen drauf, die Aussicht auf ein paar stocksteife Berge, ein Regionalspital, einen Waffenplatz und ein ganz beträchtliches Schloss. Touristen waren ganz wild auf dieses Schloss. Wenn man Versicherungsstatistiker aus Tel Aviv und niederländische Geigenlehrerinnen nach ihren helvetischen Lieblingsplätzchen fragte, dann nannten sie das Zähringer-Schloss mit den vier Ecktürmen gleich nach dem grauenvollen Matterhorn, der Kapellbrücke in Luzern und den degenerierten Bären im Bärengraben. (Wenn ich über Touristinnen und Touristen nachdenke, bleibt mir regelmäßig die Luft weg.) Aber hauptsächlich war Thun eine bescheuerte Garnisonsstadt. Wenn ich auf meinem Rad die Allmend entlang Richtung Würfel fuhr, konnte ich meine Zähne drauf verwetten, dass mich gleich ein Panzer oder ein 10-DM oder ein Major im weißen Opel niedermähte. Ich nenne das Gebäude des Thuner Gymnasiums Würfel. Alle nennen es so, weil es wie ein Würfel gebaut ist: rechtwinklig zueinanderstehende, quadratische Flächen … Es ist kein besonders scharfsinniges Bild für ein Gebäude, dessen Flachdach mit Stacheldraht gegen Tauben ausgelegt ist und hinter dessen atombombensicheren Mauern man sich verbarrikadieren und mitverfolgen kann, wie die Welt hochgeht. Festung wäre eine genauere Bezeichnung. Aber niemand spricht von Festung, weil man davon die Gänsehaut bekommt. Das Ding heißt Würfel, und das ists.

Prima (Wiederholung), Ende Mai 1995. Es ging um nichts, um irgendeine einfallslose Familienangelegenheit, und dann begannen wir zu streiten und ich machte mich weg. Mutter lief kreischend hinter mir her, aber ich hängte sie auf der Lerchenfeldstraße ab. Es war Samstagnacht. Ich radelte Richtung Innenstadt, steuerte an der Kaserne vorbei, bog in die Militärstraße, um den geleasten Alfa Romeos und tiefergelegten Nissans zu entgehen, die mit dröhnenden

Pioneer-Boxen durch die Gegend bretterten und nach Freiwilligen zum Totmachen Ausschau hielten. Ich fuhr durch die baumgesäumten Schönau- und Hohmad-Quartierstraßen und gelangte über die Frutigenstraße zum Würfel; ich kettete das Rad an die unregelmäßig flackernde Laterne beim Haupteingang, umschritt das verriegelte Gebäude (Ost-, Nord-, Westeingang), kletterte die Verschalung aus Stahlblech hoch und fand ein Fenster zum Durchschlüpfen – ein offenes Fenster findet sich in jeder Wand – und dann war ich drin, im Würfel, wo immer Platz für mich war.

Die Mäuse in der Einstellhalle und ich waren das einzige Lebendige da drin, ich spukte durch die Klassenzimmer und die breiten Flure, stieg über die Senktür aufs flache, mit Kies bedeckte Dach. Ich spähte über die nächtliche Stadt, eine kühle Brise wehte vom See herüber, ich guckte die Sterne an, die am Himmel lagen wie verschüttetes Salz, drehte einen Joint, ging zähneklappernd auf dem knirschenden Dach umher, schlüpfte zurück ins Gebäude, wos wärmer war, ging die Steintreppe hinab in die Einstellhalle, trank im Heizungskeller einen Schluck Kartoffelschnaps, den der einsame Hauswart in einer Mineralwasserflasche hinter dem Ölheizungskessel versteckt hielt, und schlief, an den lauen Warmwasserboiler gelehnt, bis Sonntagmittag durch. Ich wachte auf mit steifem Hals und schmerzenden Gliedern, machte Liegestütze (vier), Rumpfbeugen (sechs) und Klimmzüge am Rauchabzug (zweieinhalb). Ich wischte in der Einstellhalle das Mäusegift aus den Ecken, blaugrüne lebensverachtende Körner, die ich in den Schirmständer am Westeingang warf. Ich wäre gern zurückgegangen, um die Mäuse abzufüttern, hatte aber nichts Essbares dabei. Der Gedanke machte mich hungrig, ich stieg in den ersten Stock, entwendete aus dem unverschlossenen Büro der Prorektorin ein paar getrocknete Feigen (sie litt unter chronischer Verstopfung) und entschädigte sie mit einem sorgfältig gefertigten Papierschiffchen, das ich auf ihrem Schreibtisch deponierte und über dessen Herkunft sie sich den Rest ihres Lebens den Kopf zerbrechen mochte. Ich überlegte, wen ich von ihrem Telefon aus anrufen könne, aber abgesehen von meinem Bruder (der nicht gern telefonierte) und Venezuela Lüthi (die bestimmt gerade für eine fröhliche Zukunft an Grenzübergängen in Basel oder Chiasso Zollschranken mit Benzin übergoss und anzündete) fiel mir niemand ein, mit dem ich ein paar Worte hätte wechseln wollen. Ich war allein auf der Welt (genau wie jeder andere). Schließlich drückte ich aufs Geratewohl irgendwelche Tasten und plauderte eine halbe Stunde lang mit einem glücklich verheirateten Zahnarzt in Nairobi.

Den ganzen Sonntag stromerte ich gutgelaunt durch den Würfel, der Montag lag siebzehn, fünfzehn, vierzehn Stunden entfernt. Ich schaute beim Kopierapparat für Lehrer nach, ob Englisch- und Klassenlehrer Wullschleger eine Kostbarkeit hatte liegenlassen, wie letzten November, als Riedel das Original-Testblatt unter der Abdeckung entdeckt und es für einen Moment so ausgesehen hatte, als überstünde ich das Wintersemester ohne Ermahnung. Die ganzen englischen Sätze hatten auf dem Blatt gestanden. Riedel zerrte mich aus dem Computerkurs, und dann hockten wir in der Bibliothek, übersetzten und lernten auswendig. Wir einigten uns, ein paar Fehler einzubauen, damit Wullschleger später nichts auffallen würde. Es war großartig. Wir waren am Boden zerstört, als wir hörten, dass in Wullschlegers Dachwohnung in der Gerberngasse während eines der großen Sommergewitter der Blitz eingeschlagen hatte, und dass der Test ausfallen musste.

Ich nahm die Finger vom Kopierapparat, schlurfte in mein Klassenzimmer (Prima C, Tischaufstellung in Hufeisenform) und riss die Fenster auf, um frische Luft und helle, nette Sonntagsgeräusche hereinzubekommen. Ich vertauschte meinen Stuhl mit einem, der sich besser anfühlte, schob mein Schreibpult eine Hüftbreit zum Fenster hin, um in einen toten Winkel zu geraten, wenn Gonçalves am Projektor kurbelte, rieb die staubigen Blätter der Yuccapalme auf dem Fensterbrett ab, befestigte an der Seitenwand das Poster der Schweizer Fußballnationalmannschaft (WM USA 94), das ein Witzbold zusammen mit dem Klassenbuch in die Bananenschachtel fürs Altpapier geschmissen hatte, und dann bummelte ich zwischen Klassenzimmer, Flachdach, Toilette, Einstellhalle, Heizungskeller, Dämmerung, Nacht, Schlaf, Traum und Kiff hin und her. Man braucht nicht viel zum Glücklichsein: ein Versteck, gutes Gras, ein Selbstgespräch und das Versprechen, dass alles bleibt, wie es ist.

Keine Schmerzen

Ein Schalter wurde geknipst und Neonröhren sirrten. Ich erwachte in der Einstellhalle, eingebettet zwischen Fahrrädern und Mopeds (die wahrscheinlich irgendwelchen Sekundanerinnen gehörten, die nach Wochenschluss von treulosen Jungs vom Segelclub abgeholt und auf einer Thunerseejacht abgefüllt worden waren). Es war Montag, nun ging der Reigen wieder los.

Ich sah den Hauswart das Tor zur Einfahrt der Einstellhalle aufschließen. Er trug knittrige, orangefarbene Überhosen, ein weißes Unterhemd und schleifte einen Besen hinter sich her. Mit einem grimmigen Sieben-Uhr-Gesicht begann er, Mäusegift in die Ecken zu streuen.

Ich freute mich, den Hauswart zu sehen. Wir hegten füreinander eine Art kameradschaftlichen Respekt, obwohl wir uns als Menschen nicht weniger hätten ähneln können: Er war breitnackig und tätowiert, ich lang und schmal, er soff, ich kiffte, er hatte eine Berufsehre, die weit über die Bekriegung von Staub und verstopften Abflüssen hinausging, ich war geschult darin, jeglicher Art von Verantwortung aus dem Weg zu gehen. Unsere Gemeinsamkeiten waren eine gelegentliche Partie Backgammon in seiner

Wohnung am Obermattweg in Gwatt und die Tatsache, dass wir beide zum Würfel gehörten wie das Zähringer-Schloss zu Thun.

Der Boden war übersät mit den Überresten meiner Tüten. Ich hatte in den vergangenen dreißig Stunden zwei oder drei Dutzend Tüten verbrannt, genug, um eine Herde Elefanten kirre zu machen. Ich hob die Stummel auf und zerblies die Asche. Dann nahm ich lautlos ein Fahrrad aus dem Ständer.

»Aha, der Gymnasiastenschreck!«, rief ich durch die Einstellhalle und schob das Rad lärmend zurück, um dem Hauswart den unmissverständlichen Eindruck eines soeben eingetrudelten, unbescholtenen Gymnasiasten zu vermitteln. »Auf wen haben wirs denn heute abgesehen?«

Der Hauswart wandte sich überrascht um. Sein Gesicht hellte sich auf. »Willst du wissen, was ich von Mäusen halte?« Er trottete auf mich zu.

Gleich würden wir ein geselliges Gespräch anfangen, der Hauswart würde sich über schmarotzende Kleinsäuger und klebrige Ölflecken auslassen, ich würde ein Wort des Einverständnisses beisteuern, dann würde er mir einen unzimperlichen Klaps auf den Hinterkopf verpassen, und jeder würde sich wieder um seine eigenen Angelegenheiten kümmern.

»Ich streue Gift, und sie fressens ratzeputz auf. Am Morgen ist alles weg, aber kein abgemurkstes Mäuschen irgendwo. Eine verdammt immune Bande.«

Ich hatte die Hände voller Tütenstummel, und als ich dem starken Mann einen Ach-erzählen-Sie-mir-nichtsvon-Mäusen-Wink hinübersenden wollte, fielen die Stummel herunter wie Papierschnitzel.

»Ich werde Fallen aufstellen müssen.« Der Hauswart blieb vor mir stehen und verschraubte die Dose Mäusetod. »Ich werde in einem Winkel lauern. Wenn ich eine Falle zuschnappen höre, stelle ich gleich eine neue hin. Ich bring die Mäuse alle um, alle, die da sind.«

»Lassen Sie sich nicht aufhalten. Tun Sies *jetzt*.« Ich versuchte, auf möglichst viele Stummel gleichzeitig zu treten.

Er verstaute das Gift in seiner Überhose. Dann sah er mich an und fragte, als hätte er mich erst jetzt bemerkt: »Franz, was zum Teufel tust du so früh im Würfel?«

Ich zögerte. »Muss noch lernen.« Dann vage: »Ein Test.«

Seine Stirn runzelte sich. Sein Blick wanderte an mir herunter und verharrte bei meinen Schuhsohlen und den Stummeln, die darunter hervorquollen.

Ich versuchte es mit einem Trick und schüttelte den Kopf. »Ist das zu glauben? Da raucht einer tatsächlich Gras.« Ich hob einen Stummel auf, zog ihn an der Nase vorbei und kratzte mich an verschiedenen Haaransätzen, als würde ich darüber nachgrübeln, wer sich in dieser schamlosen Art über die Hausordnung hinwegzusetzen wagte. »Kein Wunder, legen Sie sich auf die Lauer. Mäuse, Schmieröl, Erkältungen, Haschisch. Manche schleppen alles rein.«

Es funktionierte nicht.

Der Hauswart sah mir schwer in die Augen. »Sag mal, Franz, immer wenn ich dich sehe …«

Dann wolle ich mal los, sagte ich schnell und machte einen Schritt Richtung Treppe, aber er legte seine kräftige Pranke auf meine Schulter und drehte mich um. »Immer wenn ich dich sehe, hast du einen Joint in den Fingern.«

Ich überlegte nicht lange. »Regen Sie sich ab. Immer wenn ich Sie sehe, rieche ich Schnaps.«

Er hörte das nicht gern. An einem anderen Tag wäre er rot angelaufen und hätte mich gewarnt, ich solle nicht so leichtfertig meine Bildung mit Rauch riskieren. Oder er hätte mir den Besen über den Hintern gezogen, Kameradschaft hin oder her. An diesem Morgen tat er nichts dergleichen, und das war einen Moment lang eine ganz nette Abwechslung.

»Bei mir gehört das zum Job«, sagte er schlau. »Meinen Körper rein halten von Bakterien und Staub. Ich nenne es Desinfektion.« Sein Griff festigte sich. »Franz, was ist für dich die Höhe menschlichen Glücks? In einem verdammten Keller sitzen und dich vergiften?«

»Ich mach das ganz gern.«

»Es gefällt mir nicht.«

»Ich räums weg.«

»Ich meine nicht die Schweinerei am Boden.« Seine Stimme klang gereizt, wie immer, wenn er noch wenig getrunken hatte. »Dieser Dreck, den du in dich reinpumpst, was glaubst du, richtet der in dir an?«

»Nichts.« Wenn Haschisch tatsächlich so schädlich war, wie der Hauswart zu wissen meinte, hätte ich längst als Häufchen Asche in eine Urne gepackt auf dem Wohnzimmerschrank meiner Eltern stehen müssen.

»Nichts?«

»Ein behagliches Bad in Geräuschen und Gewürzen und in zwei riesigen Sträußen Sonnenblumen, vielleicht.«

»Flachskopf. Es verdirbt mir die Laune, Backgammon gegen einen Flachskopf zu spielen.«

»Jetzt hören Sie mir mal gut zu, ich vergesse immer, wie Sie heißen …«

Natürlich kannte ich seinen Namen: Eryilmaz. Hüseyin Eryilmaz.

Ich blinzelte ihm in die rotgeäderten Augen. »Warum haben Sie keinen Namen, den man sich merken kann?«

Eryilmaz verzog keine Miene. Er war ein Dickschädel, ohne einen Funken Humor. Ich steckte ausweglos fest, tat instinktiv das Falsche und zündete den Stummel an, den ich aufgehoben und in meiner Hand gewiegt hatte. Ich war nie durch sonderlich kluge Entscheidungen aufgefallen, und diese war eine davon.

»Dein Hirn ist nicht das, was es sein sollte, Franz.« Eryilmaz packte mich am Handgelenk. »So wies aussieht, spielt dein Hirn ein Doppel mit deinem Darm. Es produziert nur Scheiße.«

Ich versuchte mich zu befreien, aber es gelang mir nicht.

Es wäre der richtige Moment gewesen, um zu sagen: »In Ordnung, Eryilmaz, Sie haben gewonnen. Ich gebe das Kiffen auf. Keine Schmerzen.«

Aber ich knurrte: »Etwas zu vereinfachen ist leicht, Besenmann. Man schneidet rechts und links großzügig weg und übermalt den Rest mit Leuchtfarbe. Himmel Arsch, meinen Sie, sich im Heizungskeller mit Schnaps zu betrinken sei nobler?«

Seine Augen schlossen sich bis auf einen Spalt. Ohne ein weiteres Wort zu verlieren legte er die Hand, die den glühenden Stummel hielt, auf den Sattel eines Fahrrads, und begann, mit dem Besenstiel auf sie einzuhämmern. Mit dem *Besenstiel*. Er drosch, bis ich den Stummel fallen ließ, dann ließ er los und zertrat die Glut am Boden. Ich hatte das Gefühl, eine ganze Menge Dinge falsch gemacht zu haben und vermied es, Eryilmaz anzusehen. Einen Augenblick später begann sich die Einstellhalle mit Terzianerinnen und Terzianern, Rädern und Geplapper zu füllen. Die Terzis kamen immer als erste, und immer in Dreier- oder Vierergruppen, weil sie einander noch vor der Geografiestunde erzählt haben mussten, was sie alles am Wochenende zum ersten Mal gemacht hatten. (Zum ersten Mal einem Drehorgelspieler am Bahnhof mit Kleingeld ausgeholfen, zum ersten Mal bis ein Uhr morgens im Ausgang gewesen, zum ersten Mal den Wirtschaftsteil der Sonntagszeitung von Anfang bis Ende durchgelesen usw.)

Eryilmaz machte sich mit peinlicher Sorgfalt daran, meine Produktion an Stummeln aufzukehren, bevor irgendein Schlaukopf mit gefährdeter Promotion auf die Idee kommen konnte, mich beim Rektor zu verpfeifen. Er hatte einen verfluchten Kern aus Gold.

»Sie sind ein verrückter Stahlbolzen, Eryilmaz. Hat Ihnen das schon jemand gesagt?«

»Verdammt, Franz, du hast dich nicht im Griff, du …«

»Was machen Sie im Würfel den ganzen Tag? Ich frage mich das seit Jahren.«

»Ich reiße Mäusen den Kopf ab.«

»Bei der nächsten Partie Backgammon mach ich Sie fertig, Besenmann. Verlassen Sie sich drauf.«

»Scher dich zum Teufel, Franz!«

Stück um Stück, wie Kühe in einen Stall, kamen Gymnasiastinnen und Gymnasiasten durch das Tor der Einfahrt und drängten sich in der Einstellhalle.

Ich blieb ein bisschen stehen – dann spürte ich den Schmerz.

Ich schubste mich durch, stürzte die Treppe hoch, wirbelte auf die Toilette und hielt die brennende Hand unters kalte Wasser. Es war die linke – ich bin Linkshänder. Ich fühlte den Herzschlag an den unsinnigsten Stellen. Mir schwindelte. Ich betrachtete mein Gesicht im Spiegel, sah kleinkindlichen Flaum am zwanzigjährigen Kinn, und mir schwindelte noch mehr. Ich schloss die Augen und zählte bis zwanzig. Dann strauchelte ich zu den Kabinen, um die schadhaften Finger mit Klopapier zu polstern, hörte die Glocke schellen, trat mir auf den Schnürsenkel (was sonst), versuchte das Gleichgewicht zu halten, verknackste mir stattdessen den Fuß und stürzte Nase voran in die Klotür. (Ich wusste nicht, was gut für mich war.)

Ich rappelte mich hoch, massierte mir vorsichtig die Nasenwurzel und überlegte mir unwillkürlich, was passieren würde, wenn mich die NASA in eine Mondrakete stecken würde, um Gesteinsproben aus einem Meteoritenkrater zu schaufeln. Wahrscheinlich würde ich einfach geradeaus düsen, ein paar verträumte Meldungen nach Houston morsen, wies mit dem Sonnenwind stehe da draußen, was sich vor der Windschutzscheibe herumtreibe … Weit ins All hinaus, geradeaus in einer direkten Linie von der Erde in ein schwarzes Loch. Keine Vorstellung, die mich freudig erregte.

Ich atmete tief durch, klopfte die Asche aus den Kleidern und humpelte ins Klassenzimmer.

Ich war verspätet. Alle neunzehn oder zwanzig Kameraden hockten bereits an den Pulten. Ich kannte ihre Namen nicht. Ich wechselte so oft die Klasse, dass ich es aufgegeben hatte, sie auseinanderzuhalten. Es waren einfach Kameraden, Mädels. Kumpel A, Kumpel B, Mädchen A, Mädchen B … An der Tafel stand der vorzeitig ergraute Volkswirtschaftslehrer Gonçalves. Er schaute mit traurigen Augen herüber, betrachtete meinen fußlahmen Gang und lächelte mit sanfter Anteilnahme. »Franz, Sie sollten sich am Wochenende weniger rumprügeln, dann würden Sie auch pünktlich zum Unterricht erscheinen.« Gonçalves hatte seine eigene kleine Logik der Dinge.

»Alles klar, Meister«, erwiderte ich.

Er strahlte mich an. »Lesen Sie Epiktet.«

Ich hätte Epiktet gelesen, sagte ich, ich wolle ihn nicht lesen.

»Seine hübschen Anmerkungen zum wahren Fortschritt, der durch Mühe und Disziplin zustande kommt?«

»Genau deswegen will ich ihn nicht lesen.«

Ich wollte mich setzen.

»Einen Moment noch, Franz!«

Gonçalves griff in seine Aktenmappe und überreichte mir eine Notiz mit meinem Namen und Wullschlegers Kürzel drauf: die schriftliche Aufforderung zu einem »klärenden Gespräch« unter vier Augen. Morgen hatte ich mich bei ihm, dem Klassenlehrer, im Lehrerzimmer zu melden. Ich ging an meinen Platz.

Gonçalves begann seiner Lehrtätigkeit nachzugehen. Ich leihte ihm Gehör, schrieb in rechtshändiger Anfängerschrift mit, bis mir die Tinte ausging, dann kratzte ich den Vorrat an spanischem Gras hervor, den ich mit Klebestreifen unter dem Pult festgemacht hatte, und begann auf meinem Schoß zu rüsten.

Ich verlebte einen unproduktiven, anregenden Montagmorgen, träumte mal diesem Einfall nach, mal jenem, ich machte ausgiebig Pause im Holunderbusch beim Froschteich, betrachtete Libellen, Wasserläufer und Ameisen, deren Geschäftigkeit mich ermunterte, in der Bibliothek vorbeizuschauen und ein paar Bücher in den Regalen zu vertauschen. Dann stand ich am Kaffeeautomaten fürs Mittagessen an, und um zwei Uhr nachmittags betrat ich hinter einer Frau irgendwo zwischen zwanzig und fünfzig das Klassenzimmer.

Der metallene Kugelschreiber

Ich schob mir den Stuhl unter, während die Frau ihre Aktenmappe im rechten Winkel aufs Lehrerpult legte, so wie Lehrkräfte das machen.

»Wer ist denn *die*?« flüsterte irgendwer.

Nur eine Frau, die ich nicht kenne, dachte ich. Die Frau war klein und schwerhüftig, hatte tabakbraunes Haar und eine blasse Haut. Sie trug einen pastellfarbenen Anzug und eine Krawatte, die einen regelrechten Botanischen Garten darstellte. Ich taxierte das Gedeihen und Blühen auf der Krawatte und kam zum Schluss, einem unberechenbaren Menschen gegenüberzusitzen.

»Heiliger Strohsack! Was für ein Aufzug!« flüsterte jemand. »Von so was kann man ja erblinden!«

»Macht sie uns Angst, Anton?« kicherte jemand anderes.

»Wer macht uns Angst? Keiner macht uns Angst.«

»Wenn ich wüsste, worüber Sie sich unterhalten, könnte ich Ihnen vielleicht dienlich sein«, sagte die Frau am Lehrerpult mit einem eisigen Lächeln. Die Menge verstummte, ohne erst lange zu trödeln.

Sie stellte sich vor: »Mein Name ist Brunisholz. Ich bin Ihre neue Betriebswirtschaftslehrerin.« Sie habe vor noch nicht langer Zeit an ebendiesem Gymnasium die Matura gemacht, fuhr sie spröde fort. Sie freue sich, die Klasse unterrichten zu dürfen, trotz der traurigen Umstände. »Ich ersetze Herrn Deiss, der vorige Woche beim Einschrauben einer Sicherung – wie Sie bereits erfahren haben dürften – unglücklich verstorben …«

Lehrkräfte wie Kameraden: ein beständiges Kommen und Gehen.

Die neue Betriebswirtschaftslehrerin ließ Testblätter durch die Klasse laufen und blickte über die Köpfe hinweg, als wolle sie die Welt, zumindest einen anständigen Teil davon, regieren. Dann fiel ihr Blick plötzlich auf mich, erst überrascht, dann scharf, dann noch schärfer. Sie konnte nicht wegsehen. Etwas in diesem Blick verriet mir, dass es im Würfel bald keinen Frieden mehr für mich geben würde. Ein mutiger Mensch hätte vielleicht gesagt: »In Ordnung, Frau Brunisholz, das interessiert mich. Habe ich Eiterbeulen im Gesicht?«

Ich bückte mich nur übers Blatt.

Nach der Lektion wies die Lehrerin mich an, ihr zu folgen. Ich fragte nicht, worum es sich handelte, sondern steckte mir die erstbeste Waffe in die Gesässtasche, die ich auf meinem Pult auftreiben konnte. Es war ein metallener Kugelschreiber.

Wir gingen zum dauerdefekten Schüler-Kopierapparat und waren allein. Mit dem alten Betriebswirtschaftslehrer pflegten sich solche Zusammenkünfte um bittere Testresultate zu drehen, doch Frau Brunisholz war neu an der Schule, und ich hatte keine Ahnung, was sie von mir wollte. Ich wartete geduldig, bis sie die Nase genug gekraust hatte, um loslegen zu können.

»Ich hatte immer den Wunsch, Sie wiederzusehen, Franz. Das war eine – *unvergessliche* Begegnung für mich. Ich hoffe, das wissen Sie.«

Ich ließ mir meine Überraschung nicht anmerken. »Mir hats auch Spaß gemacht, Frau Brunisholz.«

Dabei konnte ich mich nicht entsinnen, ihr jemals begegnet zu sein. Das Gedächtnis eines Kiffers: Lücken, Nebel, Elendsviertel. Frau Brunisholz war mir unbekannt. (Ich trage das mit Fassung. Es macht mir nicht viel aus, wenn mir ein Gesicht entfällt. Wenn man sich jedes merken müsste, dem man begegnete, hätte man am Ende eine ziemliche Galerie beisammen und käme nicht vom Fleck.) Aber ich freute mich natürlich, in Betriebswirtschaft eine Verbündete gefunden zu haben. Gemeinsame Erlebnisse verbinden.

Frau Brunisholz fragte mit gepresster Stimme, ob ich etwa noch stolz darauf sei, was ich angerichtet hätte, und bedachte mich mit einem harten missfälligen Blick.

Mir wurde ganz schlecht von ihren Blicken. »Sagen Sie, Frau Brunisholz«, hörte ich mich plötzlich fragen, »was ist denn damals ganz genau geschehen?«

Sie explodierte. »Sie haben vor fünf Jahren auf dem Pausenhof – Sie waren in der Anschlussklasse und ich in der Oberprima –, Sie haben mich damals am Ohr gepackt und hineingeschrien, so Frauen wie mich würden Sie am liebsten so lange anfurzen, bis sie erstickten!«

»Was?« Es verschlug mir den Atem.

»Ich habe ein Pfeifen in meinem Ohr, verstehen Sie?« Sie kreischte jetzt. »Es pfeift die ganze Zeit, weil Sie mir ein Loch ins Trommelfell geschrien haben. Sie erinnern sich doch?!«

Ich verneinte, heiser vor Schreck, zermarterte mir das Gehirn, verneinte abermals.

Sie schrie, ob ich die Sache etwa abstreiten wolle.

»Selbstverständlich nicht!«, beteuerte ich schnell. »Auf keinen Fall!«

Ich glaubte ihr aufs Wort. Ich baute immer solchen Mist – ich war ein tatkräftiges Mitglied des Vereins der vereinigten Mistbäuerinnen und Mistbauern. Es war furchtbar. Ich hatte die Schildkröte meines Bruders aus dem Käfig gescheucht. Ich hatte im Familien-Behinderten-Camp mit einer ungehörigen Einlage die Theateraufführung ruiniert. Lauter schlimme Sachen. Warum sollte ich der armen Frau Brunisholz nicht das Trommelfell ruiniert haben? Es bringt kein Glück, mir zu begegnen.

Frau Brunisholz fuhr sich mit dem Ärmel ihres Anzugs über die schweißnasse Stirn und lockerte ihren Krawattenknopf. Ich langte nach dem Kugelschreiber in der Tasche, denn einen Augenblick lang befürchtete ich, sie werde mir das furchtbare Ding um den Hals legen, mir die Luft abstellen und meinen Leichnam zur Warnung für andere Übeltäter an die Laterne beim Haupteingang knüpfen.

»Sollten Sie jemals wieder ausfallend gegen mich werden, sorge ich persönlich dafür, dass man Sie in eine Besserungsanstalt einweist!«

Ich nickte zustimmend, bis mir der Kopf abfiel vor Zustimmung.

Die Krawatte blieb, wo sie hingehörte. Vielleicht hatte Frau Brunisholz sich gesagt, sie wolle mit der Krawatte lieber keinen Unsinn treiben, wo ich mit einem spitzen Kugelschreiber vor ihr rumfuchtelte.

»Respekt, Franz, Respekt. Mehr verlange ich nicht.« Sie machte kehrt und ließ mich am einsamen Kopierapparat zurück.

Ich blickte zu Boden und begann ohne viel Hoffnung darüber nachzudenken, ob jemand noch etwas Erheiterndes von mir erwartete.

Im Erste-Hilfe-Raum

Es war vier Uhr, der Würfel leerte sich, aber ich wollte nirgendwo anders hin, schon gar nicht nach Hause (das kein wirkliches Zuhause ist – nur ein Esstisch mit einem Haufen Fremden drum herum, die darauf warten, sich in die Wolle zu kriegen), und da kamen mir meine beschädigten Gliedmaßen gerade recht. Ich platzte ins Büro der Prorektorin und bat sie um den Schlüssel zum Erste-Hilfe-Raum.

»Wo brennts denn, Franz?« Sie saß in ihrem Sessel aus Leder und sah beunruhigt von der Computertastatur auf. Ein Haufen Akten und Unterlagen versperrte mir die Sicht auf die Stelle, wo ich gestern das Papierschiffchen für sie hinterlegt hatte.

»Ich habe mir die Hand vermurkst.« Den verdrehten Fuß ließ ich weg. (Ich ziehe mir nicht gern vor Leuten die Schuhe aus. Das ist ein Komplex.)

Nachdem sie Dokumente geschlossen und Papiere in Ablagefächer gesteckt hatte, begleitete mich die Prorektorin durch die Verbindungstür von ihrem Büro in den Erste-Hilfe-Raum. Ich sackte aufs Krankenlager.

»Wie haben Sie das gemacht?«, fragte sie und schmierte ein grünliches kühlendes Gel auf meine Hand.

Ich sagte, ich hätte mir die Hand vormittags in der Tür eingeklemmt.

»Sie müssen eine merkwürdige Technik haben, eine Tür zu schließen«, meinte sie. »Warum zeigen Sie mir das erst jetzt, Franz?«

»Na ja … Sie wissen ja, wie es ist, Doro.«

»Für Sie immer noch Frau Apfel.«

Das war ihr Name: Doro Apfel. »Doro Apfel – ohne Kohl« (müder Würfel-Witz). In ihrem Führerschein aus der Deutschen Demokratischen Republik und auf dem Flüchtlingsausweis war unter »Name« Dorotee Apfelbaum registriert, aber der Prorektorin schien es nicht gepasst zu haben, wie sie von ihren Eltern benamselt worden war.

»Warum lässt sie -baum weg?«, hatte ich Eryilmaz, den Hauswart, einmal gefragt.

Er hatte mit den Schultern gezuckt. »Vielleicht gehen ihr Bäume auf den Keks, was weiß ich.«

»Und was ist mit dem -tee? Geht ihr Tee auch auf den Keks?«

Doro Apfel war eine wandelnde Tragödie. Die Legende besagt, dass sie irgendwann in den Siebzigern ihr rebellisches Wesen entdeckt und entfaltet habe. Sie kehrte Dresden und ihrem Philosophiestudium den Rücken, flüchtete über die ungarische Grenze nach Österreich und weiter in die Schweiz. Sie hauste in einer Wohnwagensiedlung an der Autobahnausfahrt Bern-Wankdorf und druckte Flugblätter mit erzieherischem Inhalt. (Venezuela Lüthi, die in politischen Dingen außerordentlich beschlagen war, hatte ein solches Flugblatt auftreiben können und mir eine Kopie geschenkt. Ich habe die Kopie natürlich gerahmt und über mein Bett gehängt.) Für den Platz, den sie brauche, die Luft, die sie atme, und dafür, dass sie eine Frau sei, schulde sie niemandem Geld, das war Doro Apfels Politik. Sie weigerte sich, Steuern zu bezahlen, und rief das weibliche Geschlecht auf, Monatsbinden und Nagellackentferner aus Kaufhäusern zu entwenden. Nachdem sie sich erfolglos als Nationalratskandidatin (ohne Schweizer Pass) versucht hatte, änderten sich ihre Prioritäten entscheidend. Sie bewarb sich um eine Stelle als Philosophielehrerin im Würfel und bekam sie. Sie vertauschte die Sandalen mit Stöckelschuhen, zog in eine Attika-Wohnung, ging zu den Gymnasiallehrerversammlungen, wo sie zur Protokollführerin gewählt wurde. Um die Zeit, als in Deutschland die Mauer fiel, schaffte sie sich einen Lebensabschnittspartner an und wurde Prorektorin. Seither litt sie unter Hartleibigkeit. In jeder Pause sah man sie aufs Klo gehen. Sie ging hoffnungsvoll rein und kam niedergeschlagen raus. Rein und raus und rein und raus.

»Küssen Sie mich, Frau Apfel.«

»Was murmeln Sie?«, fragte sie.

»Ich sagte, es geht mir schon wesentlich besser.«

Sie machte einen Verband. Ich hörte das Telefon in ihrem Büro klingeln. Die Prorektorin seufzte bedrückt.

Ich sagte: »Sie sind ganz schön überhäuft, wie? Ich meine mit Arbeit und Pflichten und so.«

»Ja«, sagte sie zurückhaltend, »ich bin ziemlich eingespannt.« Sie hielt nachdenklich inne. Ihre Augen blickten abwesend und sie sprach wie zu sich selbst. »Aber die alte Zeit vermisse ich nicht. Ich war damals nicht glücklicher, ich sah nur jünger aus.«

Ich bin zweimal in meinem Leben in der Kirche gewesen. Das erste Mal wollten sie mich ersäufen, und das zweite Mal haben sie Onkel Heinrich vergraben. Das dritte Mal würde sein, wenn ich der Prorektorin einen Ring anstecke.

»Frau Apfel?«

»Ja?«

»Lassen Sie sich keine grauen Haare wachsen.«

Das Telefon klingelte wütend. Frau Apfel füllte ein Formular aus.

»Sie sollten die Hand einem Arzt zeigen. Vielleicht haben Sie sich einen Mittelhandknochen gebrochen.« Sie überreichte mir das Formular, räumte Salbe und Verbandszeug weg, und mit milder Stimme fügte sie an: »Ich hoffe, Sie haben keinen allzu großen Schaden erlitten, Franz.«

Sie gefiel mir weitaus besser als Krankenschwester denn als Prorektorin. Der barmherzige Apfel auf wackligen Stöckelschuhen … Sie erwischte mich, wie ich still in mich hineinlächelte. Ich meinte es ehrlich. »Brauchen Sie vielleicht einen Assistenten im Erste-Hilfe-Raum?«

»Kein Gedanke!« Sie gab mir einen weichen Hieb in die Brust und ging hinüber ins Büro, um den Hörer abzunehmen. »Helfen Sie sich selbst, Franz! Ich hoffe, dass Sie nicht alles links liegenlassen. Geben Sie sich einfach Mühe.«

Ich gab mir Mühe, den ganzen Abend, bis unter die Bettdecke.

Julian reiht die Panzer auf

Das Lerchenfeld ist ein von der Aare, dem Kandergrienwald und der Allmend umschlossenes Wohnquartier, sieben Bushaltestellen von der Innenstadt entfernt. Die ein- und zweifamiliären Siedlungs- und Reihenhäuser (ohne Alarmanlagen, ohne geladene Schrotflinten auf dem Fensterbrett zur Garage hinaus) werden von Augenoptiker-, Filialleiter- und Elektroingenieurfamilien bewohnt und schmiegen sich an gefegte Straßen mit prickelnden Namen wie Forst-, Dählen- und Amselweg. Es gibt eine Primarschule, einen Kindergarten, einen Coop, Glas- und Altkleidersammelstellen, öffentliche Toiletten (auf denen weder Kindergärtnerinnen vergewaltigt noch Fünftklässler mit Spritzen aufgefunden werden), eine Haltestelle der Gürbetallinie, regelmäßig Müllabfuhr, tadellos funktionierende Telefonzellen. Keine Nachtclubs, ungeklärten Mordfälle und Ampelrennen. Würde nicht gelegentlich Venezuela Lüthi mit Farbtöpfen und selbstgebastelten Sprengsätzen umhergehen, wäre das Lerchenfeld nichts anderes als ein ruhiges, gepflegtes »Kinder- und Erwachsenenparadies« im Prospekt eines Immobilienmaklers in der Oberen Hauptgasse.

Meine Eltern und ich hausten in einem weißverputzten,

schädlingsfreien Einfamilienhaus am Elsterweg. Es war ein unaufdringliches Bauwerk mit Satteldach und zweiflügeligen Fenstern, mit einer Garage, an dessen Spalier sich wilder Wein hochrankte. Das Haus hatte einen Wintergarten, vom Vater selbst ausgetüftelt, mit wohlgenährten Fuchsien und tropischen Zitrusgewächsen. An einem frisch gestrichenen Windrad im Rasen hing ein gelbes Säckchen Vogelsamen. Mein Zimmer war im zweiten Stock, über dem Wintergarten, mit Blick auf die Stockhornkette, Venezuelas Schlafzimmer und das Windrad.

Ein seltsamer Druck weckte mich. Die Lichterkette brannte und die Zimmertür stand sperrangelweit offen. Auf meinen Beinen schaukelte Julian, mein 25-jähriger kurzgewachsener Bruder mit Down-Syndrom, und zupfte am Duvet. Ich brummte missvergnügt und zog ruckartig die Beine unter seinem Hintern weg, was ihn in Aufruhr brachte.

»Aufstand, Franz!« krächzte er, zu faul, um richtig zu sprechen.

Mein Bruder ist eine gewaltige Nervensäge. Gewöhnlich verlebte er die Zeit in dieser geschützten Werkstatt im Simmental. Er hatte dort seinen eigenen Werkraum, Wände mit Kampfflugzeugpostern, einen Werktisch, Plastikmodelle zum Zusammenstecken. Er konnte tun und lassen, was ihm passte, nur an Sekundenleim ließ man ihn nicht mehr. Einmal hatte er sich den Mund verklebt und sich anschließend die Nase verstopft. Er war blau angelaufen und man hatte ihm ein Loch in den Hals schneiden müssen. Er machte keinen Schritt, ohne sich weh zu tun. Da sind

Julian und ich genau gleich (er hats mir beigebracht), nur dass ihm Schmerzen egal sind: Er bricht sich den Arm und fragt sich bereits, an welchem Türrahmen er sich den Kopf einhauen soll. (Julian ist nicht verrückt, nur behindert, was nichts weiter besagt.) Er hatte sich tatsächlich den Arm gebrochen (am Tag, als er entschied, radzufahren), er hatte sich den Kiefer ausgerenkt bei einem begeisterten Sprung ins halbvolle Kinderbassin im Strandbad, und seine Zunge musste mit zwölf Stichen genäht werden, nachdem er sie sich beinah ausgerissen hatte beim Versuch, von einem gefrorenen Schneefanggitter loszukommen, an dem er geleckt hatte. Ohne Schienbeinschoner und Überrollbügel dürfte Julian in der Öffentlichkeit nicht aufkreuzen, das steht fest. Seit gestern Abend hielt er sich zu Hause auf, weil er im Verlauf der Woche zur kardiologischen Routineuntersuchung beim Spezialisten am Berntorplatz musste. Julian habe ein unregelmäßiges EKG, behaupteten die Tests alljährlich, und man glaubte zu wissen, dass ich meinen um fünf Jahre älteren Bruder um ein Vielfaches überleben würde – was natürlich blanker Unsinn ist. Er war immerhin Modellbauer in Holz und Plastik – so schwach konnte sein Herz nicht sein. Bestimmt würde er mich noch höchstpersönlich einsargen und an meiner Beerdigung als kichernder Sargträger fungieren.

Julian schüttelte und knuffte mich, ich krampfte die Augen zusammen und schnarchte wie ein seniler Gaul. Dann entdeckte er meine Zehen unter der Decke und biss hinein.

»Himmel, Julian!«

Schon nahm er den hindernisreichen Weg zum Fenster in Angriff, stapfte über die Stapel halberotischer Zeitschriften, watete durch die Wäschetürme und Musikkassetten und riss die Gardinen zurück. Die matte Dämmerung sprang herein, und Julian löschte die Lichterkette. Entgegen seiner Absicht wurde das Zimmer wieder dunkel. Ich empfand dies als einen Schritt in die richtige Richtung (weg von energischen Betriebswirtschaftslehrerinnen und bedrohlichen Privataudienzen bei Klassenlehrern), ich drehte mich zur Seite und stopfte mir das Kissen ins Gesicht. Julian begann trällernd seine Panzermodelle aufzureihen, die er überall im Zimmer und im Haus herumliegen ließ. Das heißt, er tat, als reihte er auf. Er beobachtete mich, das wusste ich genau.

Nach einigen Minuten kapitulierte ich und stieß die Decke beiseite.

Sofort stürzte sich Julian auf mich und begann mich aus dem Bett zu rollen. Er scharrte aus meinem Kleiderhaufen ein Paar brandlöchrige Bundfaltenhosen und reichte sie mir. Er trat ans Ende des Bettes und strahlte mich siegesbewusst an.

»Wie spät ist es?« Ich untersuchte meinen Fußknöchel, der, wie ich verschlafen feststellte, im Begriff war, abzuschwellen.

Julian grub den Wecker unter dem Wäschehaufen hervor, brachte ihn mir und rief aufgeregt: »Spazier!«

Wir hatten diese Abmachung: Wenn er uns besucht, gehen wir zusammen auf Streife. Er liebt es, mit mir zusammen am frühen Morgen durchs Quartier zu schleichen, um irgendwas auszufressen. Es fällt uns immer etwas Dämliches ein (Knallfrösche in den Glascontainer werfen, an der Langestraße die öffentliche Toilette zunageln) und ich schäme mich noch wochenlang.

Ich blickte auf den Wecker. »Oh, Scheiße ... tut mir leid, Julian, verflucht ...«

Julian schnappte ein. »Arsch, Franz!« schimpfte er los und stampfte zornig zum Kleiderschrank, wo natürlich nur die Sachen drin waren, die ich zuletzt weiß nicht wann getragen hatte. Er nahm das Polohemd mit den rosa Saxophonen heraus und schmiss es mir zielsicher an den Kopf.

Ich zog das grauenhafte Stück an. Ich büßte. Ich kam mir jetzt wie ein Versager vor (und war es auch). Morgen durfte ich ihn nicht enttäuschen. Auf keinen Fall. Ich zog mir zwei verschiedenfarbige Socken an, um mich am Abend beim Zubettgehen an die Abmachung zu erinnern.

Ich ließ den tobenden Bruder im Zimmer zurück, schlich mich an Vater vorbei, der sich im Bad die Nasenhaare stutzte, umspurtete Mutter bei der Haustür und fuhr in den Würfel. Ich nahm mir vor, nicht zu vergessen, dass ich ein Versager war.

Kindergartenkacke

Mein linksseitiger Pultnachbar (im Winkel des Hufeisens) hieß Anton Rambo Riedel, ein Name, den ich mir merken konnte. Das Rambo in seinem Namen war eine Auszeichnung: Riedel hatte beim Unihockeyturnier drei Jungs in den Erste-Hilfe-Raum gefoult. Erst kürzlich hatte sich ein Oberprimaner mit ihm angelegt und behauptet, Riedel habe beim Duschen in der Turnhalle in sein Shampoo gespuckt. Riedel ließ nicht mit sich streiten. Offiziell hieß es, der Oberprimaner sei auf einer Seife ausgerutscht. Ein verteufelt eleganter Ausrutscher. Er hatte sich den Unterarm, eine Rippe und zwei Zehen gebrochen. Die Prorektorin fand im Erste-Hilfe-Raum nicht genug Gips, um ihn nach seiner Meinungsverschiedenheit mit Riedel wieder herzurichten.

Gewöhnlich saß Riedel einfach da, sehnte sich nach Eishockey und glotzte ins Leere. Aber auch er spürte das Ende des Semesters näherrücken. Er begann, sich Notizhefte anzulegen und verbrachte ganze Schulstunden damit, sorgfältig Verstärkungsringe um die Löcher seiner Ringhefte zu kleben.

Frau Brunisholz, die neue Betriebswirtschaftslehrerin, hatte die Wandtafel vollgeschrieben und hielt den Schwamm übers Lavabo. Die Klasse löste Aufgaben. Ich verhielt mich still und machte mich so unsichtbar wie möglich. Ich hielt nichts von Besserungsanstalten.

Dann hörte ich Rambo Riedel: »Blöde Fotze! Du willst mich doch bloß ärgern, stimmts? Willst doch, dass ich dir den Hintern versohle, du blöde Fotze, gibs doch zu!«

Frau Brunisholz wischte die Tafel. Die Klasse tat unbeteiligt. Ich hämmerte Zahlen in meinen Taschenrechner und kümmerte mich nicht um Riedel. Niemand, der seinen letzten Widersacher mit einem Gipsverband und einer Schlinge am Arm durch den Würfel hatte humpeln sehen, kümmerte sich um Riedel.

»Dir werd ichs zeigen, du dreckige Schlampe!«

Frau Brunisholz hielt inne mit Tafelwischen. Ich rückte ein Stück von Riedel ab.

»Okay, wie du willst! Du kommst mir nicht davon, Fotze!«

Frau Brunisholz drehte sich um und donnerte den Schwamm zu Boden. Es ist ziemlich schwierig, einen Schwamm zu Boden zu donnern, aber so geschahs. Sie hatte eine Stinkwut.

»In Ordnung, Sie ekelhafter Kerl!« schrie sie Riedel an. »Ich will wissen, was in Ihrer Hose steckt! Na los, her mit Ihrer Keule! Legen Sie sie aufs Pult! Kommen Sie, zeigen Sie mir das Walzwerk! Nur keine Hemmungen!«

Die Klasse war versteinert. Man hätte eine Eidechse über den Wüstensand huschen hören können.

Frau Brunisholz presste ihre Lippen zusammen und

fixierte Riedel. Er hatte nichts gemerkt. Er beschimpfte weiterhin seine Rechenmaschine.

»Ich schlag dich in Stücke, Mistvieh! Ich krieg dich klein!«

Er drückte auf den Tasten der Rechenmaschine herum. Es war eine elektrische Addier- und Saldiermaschine mit Papierrolle, wie man sie früher in kaufmännischen Betrieben benutzt hatte.

»Rambo, he, hör mal«, sagte ich diplomatisch. »Warum steckst du nicht einfach den Stecker in die Steckdose?«

»Blöde Fotze!«

»Rambo, he, Alter! Das Ding läuft nicht ohne Strom, kapiert? Steck den Stecker rein, und halts Maul!«

Er gaffte mich mit offenem Mund an. Ich zeigte ihm das Kabel, den Stecker. Langsam schien etwas in ihm zu begreifen. Keiner lachte. Die Lehrerin stand da und bebte und wünschte sich vermutlich ins nächste Flugzeug nach Rarotonga. Her mit der Keule! Zeigen Sie mir das Walzwerk! Eine Weile lang würde sie im Würfel niemandem mehr in die Augen schauen können. Sie tat mir leid. Sie war keine von denen, die ich gern leiden sah. Der armen Frau pfeift es die ganze Zeit im Ohr, man muss sich das mal vorstellen.

Ich hob die Hand, um eine betriebswirtschaftliche Frage zu stellen. Bekam die Antwort. Drei Minuten später hob ich wieder die Hand, um eine weitere Frage zu stellen.

Frau Brunisholz explodierte. Sie war ganz versessen aufs Explodieren.

»Franz!«

»Frau Brunisholz?«

»Was sollen diese dämlichen Fragen?!«

»Ich wollte keine dämlichen Fragen stellen, ich …«

»Wenn an dieser Tafel ein Mann stehen würde? Würden Sie auch innerhalb von drei Minuten zweimal Ihre Hand hochstrecken – für Kindergartenkacke?!«

Ich fragte mich, wo sie die Wörter herhatte, ehrlich, ich bewunderte die Frau, ich beneidete sie um ihren Wortschatz. Ihr ganzes Gesicht funkelte vor Wut.

»Dafür schicke ich Sie zum Rektor!«

Sie schrieb etwas auf ein Blatt, sie schrieb und schrieb, und knallte mir das Resultat aufs Pult. Ich konnte die Schrift nicht entziffern. Es waren nur Striche und Kratzer. Mein Vokabular würde dieses Blatt nicht verstärken.

Riedel hatte den Stecker eingesteckt. Er freute sich. »Da spurt die Fotze! Na, jetzt spurt sie!« Er tätschelte die Rechenmaschine.

»Wenn du nur die Klappe halten könntest, Rambo«, sagte ich ganz leise, damit ers nicht hören konnte. »Wenn du nur deine verfluchte Klappe halten könntest.«

Dreiundzwanzig Fehler

Ich war ein Kerl mit einer verbundenen Hand und einem Polohemd mit dämlichen rosa Saxophonen drauf, ein Kerl, der unschuldigen Lehrerinnen das Trommelfell durchpustete, brüderliche Versprechen brach und die Hosentaschen voller beschwerlicher Zettel hatte – einer führte zum Rektor, und der andere zu Wullschleger, dem Klassenlehrer. Eine Weile lang erwog ich ernsthaft, zu türmen und in einer Geflügelfabrik in Polen neu anzufangen.

Der Gang zum Rektor war mir so erwünscht wie derjenige zu Wullschleger, sodass es keinen Unterschied machte, bei wem ich mich zuerst meldete. Ich ließ die Musik fahren, warf eine Münze und klopfte um Punkt Viertel nach elf ans Lehrerzimmer, um mich – so viel wusste ich schon – ermahnen zu lassen.

Wullschleger hatte mich erwartet. »Nehmen Sie Platz, Franz.« Er durchforstete verschiedene Unterlagen und fing an, mir die Energie zu rauben, sobald ich mich hingelungert hatte. »Sie machen dreiundzwanzig Fehler in einer Englischübersetzung.«

Es gab zwei bemerkenswerte Dinge an Wullschleger. Das eine war die Schieflage: Er hatte einen schiefen Kopf, eine schiefe Nase, ein schiefes Rückgrat. Der ganze Mann war schief. (Er buchte schiefe Ferien in Fernost, jedenfalls erzählte man sich das. Rambo Riedel sagte immer: »Wullschleger steht so glöcknerhaft in der Landschaft – dem trau ich keinen Gratisfick zu.«) Das zweite war seine Fähigkeit, einem alle Energie, alle Kraft zu entziehen.

»Sie müssen furchtbare Alpträume haben«, sagte Wullschleger müde, »in denen Sie in England einen Engländer nach dem Ausgang fragen müssen. Habe ich recht?«

Ich schwieg.

Er schüttelte kraftlos den Kopf. »Dreiundzwanzig Fehler, Franz.«

Ich schwieg.

»Dreiundzwanzig Fehler in einer lumpigen einseitigen Übersetzung.«

Ich schwieg beharrlich.

»Dreiundzwanzig Fehl…«

»So einfach ist das nicht«, unterbrach ich ihn, um einen Schritt vorwärts zu machen. Seit ihm der Blitz den Dachbalken angekokelt hatte, wiederholte er sich bis zur Unerträglichkeit. »In vier Wochen ließen Sie uns zehn oder zwölf Tests schreiben. Ich will Ihnen ja nicht dreinreden, aber ich finde, Sie sollten eine Pause einlegen. Ich meine, ab und zu einen Test zu schreiben, dagegen hab ich nichts. Aber wenn man das dauernd tun muss, das ist doch ausgesprochen idiotisch. Es macht einen ganz konfus …«

Jetzt war Wullschleger an der Reihe, mich zu unterbrechen.

»Franz, ich mag mir Ihre Ausreden nicht anhören«, sagte er langsam. »Sie sind einer dieser Schleicher, die den ganzen Tag jammern und mit Klagen um sich werfen.« Er beugte sich über den Tisch. »How time is it? – und das nach fünf Jahren Gymnasium. Sie stecken ziemlich tief in der Tinte, wissen Sie das, Franz? Sie sind ungenügend in Musik, in Volkswirtschaft, in Betriebswirtschaft und in Englisch, und es verbleiben Ihnen weniger als fünf Wochen, genau vierunddreißig Tage, um einen Verweis zu verhindern. Glauben Sie an Wunder, Franz?« Er schien darauf zu warten, dass ich frech wurde.

Ich wurde frech. »Okay, lassen Sie mich jetzt den Wisch unterschreiben und in den Mittag gehen. Ich will mir das nicht jedes Semester anhören.«

Er blickte gequält. »Sie sind ein Stümper, Franz, ein unverbesserlicher Pfuscher. Sie strecken im Unterricht die Nase zur Decke hoch, und statt sich in Ihrer Freizeit blind zu lesen, legen Sie sich mit dem Türken ins Gras und lassen sich zum Faulenzen verführen.«

»Sie meinen Herrn Hüseyin Eryilmaz, Hauswart mit eidgenössischem Fachausweis, wenn ich Sie recht verstehe«, erwiderte ich. Das Gespräch hatte eine überraschende Wendung genommen.

»Ich meine dieses nutzlose Gespenst von einem Abwart, das den ganzen Tag den Besen hinter sich herzicht und Staub aufwirbelt und sich betrinkt.«

In Bezug auf den Hauswart irrte sich Wullschleger. Wenn Eryilmaz arbeitete, dann arbeitete er, und es gab nichts in

41

der Welt, das ihn abhalten oder unterbrechen konnte. Aber ich erwähnte nichts davon. Die Steuern, die Wullschleger bezahlte, waren die Kosten der Meinungsfreiheit, die er verbrauchte.

»Verstehen Sie denn nicht?« Wullschleger machte das Gesicht eines Menschen, vor dem man nichts zu verbergen braucht. »Der Müßiggang schleicht sich in Ihre Seele.«

»Der Müßiggang?«

»Ich weiß Bescheid. Ich habe gelebt und viel gesehen.«

»Denken ist wichtiger als alt werden, Herr Wullschleger.«

Er lächelte matt. »Denken? Sie reden von denken, Franz? Sie machen in einer Übersetzung dreiundzwanzig Fehler. Dreiundzwanzig …«

»Sagen Sies noch mal, und ich schreie.«

Er schob mir lustlos ein Stück Papier zu, auf dem stand, dass ich ermahnt worden sei. Ich unterschrieb mit einem Kugelschreiber, der an einer kleinen Kette am Tisch befestigt war – wahrscheinlich um dem großen Klauen im Lehrerzimmer vorzubeugen. Ich schob das Papier zurück.

Wullschleger faltete es umständlich. »Irgendwo in Ihrem Kopf muss doch noch ein wenig Licht sein. Irgendwo muss doch …« Er verstummte.

Einen Augenblick dachte ich, er wäre gestorben. Entschlafen. Erloschen. Dann schickte er mich mit einer unendlich trägen Geste in die Mittagspause, in der ich mich wie ein Schwerarbeiter bekiffte.

Von wegen Müßiggang.

Ein Freund aus Saskatchewan

Unter biochemischem Einfluss stand ich seit jenem Wochenende im Spätsommer 1989, an dem der deutsche Quizmaster Robert Lembke an Lungenkrebs verschieden war. Es hatte eine Menge Leute gegeben, die Lembkes Aufgabe, Sparschweine mit Kleingeld vollzustopfen, verwegen genug fanden, um sich davon mitreißen zu lassen – auch bei uns im Würfel. Lembkes heiteres Beruferaten war Kult. Man tauschte Videoaufzeichnungen und rauchte wie der Teufel – aus Jux, Heldenverehrung und dem Zwang heraus, jedes Jahr ein neues Spiel erfinden zu müssen. Im Würfel kursierte die Frage: »Für Lembke? Gegen Lembke?«, und das bedeutete so viel wie: »Raucher oder Nichtraucher? Ganzer Kerl oder Langweiler?« Solche Fragen liefen oft strohfeuerartig durch die Klassen, und es fanden sich immer ein paar mondäne Terzianerinnen oder Sekundaner mit Anschlussproblemen, die sich davon beeindrucken ließen. In einer Freitagnacht brach Lembke zur letzten Reise auf, und seiner Anhängerschaft wurde vor Schreck ganz schlecht. Man spülte die Zigaretten die Toilette hinunter, gab das Rauchen auf oder stieg auf Haschisch um. Binnen zwölf Stunden stiegen so viele um, dass Heinz Wegenast (Oberprima C, radiowellengesteuerte Armbanduhr, FC-Lerchen-feld-T-Shirt) den Ansturm nicht allein bewältigen konnte, und er stiefelte den Würfel nach jemandem ab, der ihm helfen würde, Haschisch auf dem Pausenhof zu verkaufen. Das war die Gelegenheit. Ich war damals in der An-schlussklasse und rauchte Zigaretten, die ich unbesorgten Primanern aus der Schachtel mauste, wenn sie in der Sonne lagen und Pickel ausbrannten. An jenem Samstag nach Lembkes Abtritt wurde Heinz auf mich aufmerksam, und noch vor Ende der Zehn-Uhr-Pause verdiente ich mir mit drei Botengängen meinen ersten Joint. Eine Lektion später, beim geselligen Austausch am Kaffeeautomaten, entdeckte Heinz meine Begeisterung für den FC Lerchenfeld, und bei einer gemeinsamen Tüte am See nach Wochenschluss machte mich Heinz zu seinem Juniorpartner. Es war kein bedeutender Posten, wie mir bald klarwurde, denn er be-schränkte sich im Wesentlichen aufs Herumreichen von durchsichtigen Plastiktütchen und das Anlernen von Um-steigerinnen und Umsteigern. Aber ich war glücklich, den Job bekommen zu haben, und Lembkes Sparschweine konnten meinetwegen am Südpol auf Pinguin umsatteln.

Dann machte Heinz die Matura und expandierte. Plötz-lich verkauften wir nicht mehr nur im Würfel: Wir ver-scherbelten alle Sorten von Cannabis im Schadaupark, im Strandbad, im Bälliz, im EPA-Selbstbedienungsrestaurant, in H&M-Umkleidekabinen – aber die besten Geschäfte machten wir mit den Grenadierrekruten. Jedes Jahr im Frühling und im Sommer kamen meterweise Rekruten nach

Thun, und ab der dritten oder vierten Woche, wenn sie es müde waren, so zu tun, als wollten sie Soldaten werden, kauften sie alles, was Heinz und ich ihnen anzubieten hatten. Unser Einsatz war bitter nötig. Die Thuner Kaserne hatte die höchste Fenstersprungrate und die grauslichsten Panzerunfälle. Heinz nahm einen Job in der Cafeteria der Kaserne an, und ich klapperte das Restaurant Frohsinn, den Bahnhof, das Borsalino ab, um den armen Teufeln alternativmedizinisch beizustehen.

Etwas mehr als drei Jahre nach meinem ersten Joint auf dem Pausenhof hatte ich einen moralischen Einbruch: Ich erwachte eines Morgens mit der wenig erfreulichen Wahnvorstellung, Handschellen um meine Handgelenke und eiserne Ketten in der Fußgegend zu spüren, ein makabres Erlebnis, das mein Vergnügen am Handel vergiften sollte. Ich verspürte ganz und gar kein Verlangen nach einer Vorladung vom Jugendgericht. Ich hatte weder Sportsgeist genug, um im Kandergrienwald drei Monate lang vergammelndes Holz einzusammeln, noch begeisterte mich die Vorstellung, in einem Steffisburger Altersheim in Windeln für Erwachsene herumzuschnüffeln und zahnlosen Greisen das Abendessen vom Hemd zu kratzen. Auch dämmerte mir, ich könnte aus dem Würfel verwiesen werden, wenn mich der Rektor oder seine Mittelsmänner dabei erwischten, wie ich auf dem Pausenhof einem Terzianer Zutaten für einen Joint zusteckte und er mir einen Zehner hinblätterte. Kiffen war verboten genug. In eine kritische Lage war ich bereits einmal geraten, nachdem ich im September 1992 mit einer

Zigarette *Plus* im Mundwinkel vom Radweg auf die Seestraße gepresscht und Wullschleger vor die Windschutzscheibe gekommen war. Die Geschichte wurde nur deshalb
nicht breitgeklopft, weil es nicht auf dem Schulareal passiert
war und Frau Doro Apfel – ein unleugbar mildherziger, ver-
söhnlicher Typ – vermittelnd eingriff. (Ich war ihr so dankbar, dass ich mir ganz viel vornahm und immer noch am
Halten bin.) Ich kam zum Schluss, dass es vernünftiger sei,
meinen Eigenverbrauch nicht mehr über den Handel zu fi-
nanzieren, und während des ersten (und einzigen) Sekunda-
Durchlaufs, an einem frühlingshaften Märztag, kündigte ich
die Geschäftsbeziehungen zu Heinz. Ein Stück Besonnen-
heit, redete ich mir ein, aber in Wahrheit war ich natürlich
nur ein feiger Hund.

Auf einmal stand ich ohne Geld und Cannabis da, und
das brachte mich darauf, mich als Heimgärtner zu versuchen. Ich besorgte mir Saatgut bei einem Gürbetaler
Hanfproduzenten, der seine Pflanzen nicht vor der Blüte
erntete, sondern voll ausreifen ließ, um Nähgarn daraus zu
machen. Ich schaffte Styroporkästen an, stopfte die Samen
in Kuhmist und versteckte sie in Lüthi-Brawands Gewächshaus. Jeden Morgen schlich ich dorthin und betrachtete
selbstzufrieden, wie die winzigen Schösslinge aus der Erde
krochen. Ich verstand natürlich nichts von Pflanzen, konnte
kaum Tulpen von Mohn unterscheiden, und musste mir
einen Haufen Bücher und Lexikoneinträge über Boden-
typen, Dünger und jährliche Niederschlagsmengen zulegen.
Als ein paar Monate später die Stauden zur Größe von

Wiesenblumen herangewachsen waren, grub ich ein Loch hinter der Garage und pflanzte um. Ich riss die männlichen Pflanzen aus und stellte mir bereits den Tag vor, an dem ich die süß duftenden Triebspitzen der Weibchen pflücken und im Holunder verglühen würde, als in einer milden Nacht im August 1993 ein Reh der wilden Brombeeren im Kandergrienwald überdrüssig wurde, hungrig nach neuen kulinarischen Erfahrungen durchs Lerchenfeld trabte und mir sämtliche Stauden wegfraß. Lustiges Reh.

Notgedrungen gab ich das Gärtnern auf, stellte ausgedehnte Betrachtungen zum Thema Lohnarbeit und Freizeit-Job an, die allesamt im Sand verliefen, und entschlüsselte schließlich den Bancomat-Pin-Code der Eltern, um mir Geld von ihrem Garten-und-Hobby-Konto zu borgen.

Ich bin nicht besonders scharf auf Arbeit, es stimmt.

Heinz Wegenast handelte vor der Migros an der Frutigenstraße. Seit ich den Versorgungsposten im Würfel aufgegeben hatte, musste er den Kundinnen und Kunden aus dem Gymnasium das Haschisch zwischen Blumentopferde und Einkaufswägelchen verkaufen, weil er nicht waghalsig (oder schwachköpfig) genug war, sich auf dem Pausenhof herumzutreiben.

»Heinz, alte Hure!« sagte ich, einen Hotdog in der einen, einen Multivitaminsaft in der anderen Hand. (Gymnasiasten haben komische Essgewohnheiten.)

»Leck mich, Franz! Was ist denn das für ein beschissenes Charlie-Parker-Hemd?«

Ich verdrückte das Mittagessen und nahm das Angebot von Heinz in Augenschein. Dope in kleinen Plastiktüten mit Druckverschluss. Roter, grüner, schwarzer Harz in Alufolie. Ich schnupperte und presste und rollte.

Wie immer erkundigte ich mich nach der Herkunft seiner Produkte, um den Eindruck eines kritischen Konsumenten zu erwecken. Ich glänzte nicht mit umfassenden botanischen Kenntnissen und konnte gerade mal zwischen alltäglichem Libanon-Schitt und wohltätigem Maui-Wowee unterscheiden. Heinz hielt nicht mit Informationen zurück. Er ließ mich eine mit Ahornextrakten angereicherte Spezialmischung probieren, die er sich von »einem Freund« (von wem sonst) aus Saskatchewan, Kanada, besorgt hatte.

»Saskatchewan?« fragte ich ungläubig.

Heinz zuckte mit den Schultern. »Nicht exotischer als Rotwein aus Chile, würd ich sagen.«

Er kratzte sich. Mein Blick fiel auf seine Unterarme: Einstichnarben. »Das solltest du bleiben lassen, Heinz.«

»Franz, das geht dich einen Dreck an.«

»Sicher.«

Saskatchewan schmeckte aufregend. Heinz erwies sich nicht nur als großer Händler, sondern auch als formidabler Einkäufer und Mischer. Ich kiffte den ersten Joint gegen die Aufregung nach Wullschlegers Ermahnung und den zweiten zum reinen Vergnügen.

»Wie stehen die Dinge im Würfel?« fragte Heinz.

Ich fing grundlos an zu kichern. »Hör mal, Heinz, sagt dir der Name Brunisholz etwas? Klein, blass, giftig. Frau.«

Er überlegte einen Moment. »War das nicht diese witzlose Oberprimanerin, die immer die Löcher mit Klopapier zustopfte, die wir in die Zwischenwände auf dem Mädchenklo gebohrt haben?«

»Ach nein, das war die, die uns die Sitzungen vergrault hat?«

»Die sitzt bestimmt in einer Missionsschule irgendwo im kambodschanischen Hinterland.«

Sie habe an der Universität das Diplom für Mittelschulwirtschaft gemacht, teilte ich betroffen mit. »Sie konnte es kaum erwarten, in den Würfel zurückzukommen.«

»Was?« Heinz lachte schäbig. »Die Furie ist dein Boss?«

Ich musste wieder kichern. »Wir sollten uns nicht über sie lustig machen.« Ich kicherte und kicherte. »Sie hats im Leben nicht nur leicht gehabt.« Ich hielt die Luft an, eine Sekunde, zwei Sekunden, eine ganze Ewigkeit, dann prustete ich ungehalten drauflos. Die Tränen liefen mir herunter. (Lachen ist bestimmt etwas, das mir Spaß macht. Aber dass ich mich überschlage vor Lachen kommt selten vor. Ich mags sonst mehr so still in mich hinein.)

»Wieviel soll ich Ihnen einpacken, Menschenfreund?« fragte Heinz ziemlich gaunerhaft.

»Kommt auf den Preis an«, sagte ich, auf einen Schlag nüchtern.

Wir verhandelten. Ich bestand auf Schülerrabatt und willigte ein, nachdem Heinz den Preis auf ein erträgliches Maß herunterkorrigiert hatte.

»Weißt du, Franz, irgendwann musst du anfangen,

richtige Kohle zu verdienen«, meinte er. »Mit diesen paar müden Scheinen von Papas Sparheft kommt man schlecht ins Geschäft. Du kannst jederzeit wieder bei mir einsteigen. Aber versprich mir, dass du dir ein neues Hemd auftreibst.«

Die Hand lebt wieder auf

Biologie und Geschichte am Nachmittag flossen vorbei, so plan und friedlich und ereignislos glitten sie dahin. Dann wäre ich um ein Haar Frau Brunisholz am Kaffeeautomaten in die Arme gelaufen. Sie war zu sehr beschäftigt, ihren Ausrutscher vom Vormittag zu überspielen, um mich zu bemerken. Aber ihr kratzbürstiges Gesicht erinnerte mich an eine unerledigte Angelegenheit.

Mit einem flauen Gefühl im Magen wandelte ich eine Treppe höher.

Ich hatte Glück. Auf das Klopfen beim Büro des Rektors meldete sich niemand.

Ich ging eine Tür weiter, klopfte bei der Prorektorin und wartete. Ich klopfte wieder. Dann sah ich den Rektor die Treppe hoch marschieren. Ich schoss durch die Tür und stürzte ins Büro der Prorektorin.

Sie saß am Schreibtisch und telefonierte. Sie legte die Hand auf die Sprechmuschel. »Franz? Ich habe jetzt keine Zeit für Sie. Ich muss eine Besprechung vorbereiten. Warten Sie draußen.«

Draußen trieb sich der Rektor herum. »Das wird Sie

interessieren«, sagte ich schnell und überreichte ihr Frau Brunisholz' Gekritzel.

Frau Apfel telefonierte weiter und entzifferte gleichzeitig die Notiz. Sie sah furchtbar überarbeitet aus und ausgelaugt – verlassen wie eine Nomadin auf der Einwohnerkontrolle. Es brach mir das Herz, sie zu verärgern.

Ich solle mich setzen, sagte sie ernst, als sie aufgelegt hatte. Dann stützte sie sich schwer auf den Schreibtisch und sah mich forschend an. »Ihre neue Betriebswirtschaftslehrerin beschwert sich, Sie würden es dem weiblichen Geschlecht gegenüber an Respekt mangeln lassen.«

»Ist es das, was sie auf dieses unlesbare Blatt geschrieben hat?«

»Da haben wirs, Franz.«

Sie las mir die Anschuldigung vor. Frau Brunisholz hatte fünf oder sechs Fälle aufgeführt, wo ich Frauen diskriminierend behandelt haben sollte (in gerade mal vier Lektionen Unterricht). Bei ihrem gestrigen Einstandstest zum Thema Wirtschaft und Gesellschaft hatte ich beispielsweise geschrieben: »Betriebswirtschafter finden ein geradezu niederschmetterndes Vergnügen am Geldscheffeln und an der Roboterisierung von Arbeitskräften.« Frau Brunisholz ereiferte sich über den impliziten Einschluss der Betriebswirtschafterinnen in den Plural der Betriebswirtschafter. Sie hatte natürlich recht. Ich war zu faul gewesen, um rechtshändig noch so ein langes Wort hinzuschreiben. Ein Fehler, für den ich mich zu schämen habe. (Das meine ich genau so. Ich bin meinetwegen ein Penner mit Scheiße im Hirn, aber kein Neandertaler). Nur, braucht man einen deswegen gleich am Kragen zum Rektor zu schleppen? Frau Brunisholz schien mir ein wenig ungestüm.

»Nun, hat sie sich das alles vielleicht ausgedacht?« Frau Apfel blickte auf ihre liegengebliebenen Unterlagen. Sie wünschte sich zweifellos, die Angelegenheit möglichst rasch, geräuschlos und friedlich hinter sich zu bringen. Ich beschloss, ihr den Gefallen zu tun.

»Ach, verfluchte Scheiße!«

»Franz, mäßigen Sie sich!«

Ich erklärte, ich hätte Frau Brunisholz eine Wadenbeißerin geschimpft, gleich als sie gestern im Klassenzimmer die Testblätter ausgeteilt hätte. Das war gelogen, aber Frau Apfel atmete erleichtert auf. Ich hatte meine Schuld eingestanden.

»Na gut, Franz. Sie zeigen nicht genug Respekt vor Frauen in Lehrberufen.«

»Es ist furchtbar. Ich wüsste gern, woher das kommt.«

Frau Apfel lächelte sanft und ich lächelte zurück. Ich liebte es, ihr eine Freude zu machen. »Sie werden sich bei Frau Brunisholz entschuldigen, und Sie werden mir versprechen, nicht weiter negativ in Erscheinung zu treten.«

Ich versprach es.

Frau Apfel betrachtete die Angelegenheit als erledigt. Sie presste sich den Telefonhörer ans Ohr und zog einen Schreibblock heran.

»Was macht Ihre Hand?« erkundigte sie sich freundlich, während sie eine Nummer eintippte.

Die Frage war, ob Frau Brunisholz ebensoviel Nachsicht zeigen würde wie Frau Apfel. Ich bezweifelte es. Wenn sie bereit war, den Rektor hineinzuziehen, dann wollte sie mehr als recht haben. Dann wollte sie einen Triumphzug. Ich verließ die Prorektorin mit dem vagen Gefühl, herausgefordert zu sein.

Schlafversagen

Es war noch stockfinster, als ich aufwachte. Ich spielte mein ganzes Repertoire an Schlafpositionen durch, und eine Ewigkeit später hörte ich den 4-Stufen-Wecker auf dem Nachttisch der Eltern durch die Dielen rattern. Fünf Uhr fünfundvierzig. Ich hörte Vater unter die Dusche gehen, Mutter machte an den Rollläden herum, Julian stieß im Zimmer nebenan mit den Beinen gegen die Wand und redete im Schlaf. Ich wollte wieder einschlafen, aber es gelang mir nicht. Das Problem war mir neu. Mit einem Schlafversagen hatte ich es noch nie zu tun gehabt. Das Schlafen war mir immer leichtgefallen, es ging wie von selbst, sobald ich mich irgendwo hinlegte. Ich stellte mir all die schlimmen Dinge vor, die mir gewöhnlich die Lust am Wachsein nehmen (Eis und Hagel auf dem Radweg, ein Verrückter, der im Holunder mit einer Kreissäge auf mich losgeht, Herbert Grönemeyer singt im Musiksaal, eine Pestepidemie, eine Sonnenfinsternis), aber es half nichts, ich wurde immer munterer, stieg schließlich aus dem Bett, wickelte die Bettdecke um mich, lehnte mich aus dem offenen Fenster, nahm Zigarettenpapier, nach Minze duftendes Gras und Streichhölzer hervor, bestaunte die körnige Dämmerung, stieß lausige Rauchringe in die Richtung von Venezuelas Schlafzimmer und dachte an tausend Dinge.

Der Tag taute auf, die Sonne glühte hinter den vogelartigen Bergen, und plötzlich fiel mir eine Stellungnahme ein zu den Vorwürfen von Frau Brunisholz, feines emanzipatorisches Gedankengut, ich stand frierend am Fenster, sprach die Worte vor mich hin und fand sie ausgezeichnet. Ich bückte mich nach dem Kassettenrecorder, der unter einem Haufen Wäsche lag, und stellte ihn aufs Fensterbrett. Ich sprach in den Recorder, Sätze, Bilder und Verse entströmten meinem Gehirn, ich war wie in Trance, es reihte sich Wort an Wort. Eine Quelle war aufgesprungen, ein tugendhafter Gedanke ergab den anderen. Ein Mensch von der Bibelgruppe hätte gejubelt, der Geist sei über ihn gekommen, und genau so wars. Ich besprach die Kassette von hinten bis vorne, überspielte den Radiomitschnitt eines Pat-Metheny-Konzerts, ich musste auch die zweite Seite überspielen, sprach immer weiter, ohne einen Augenblick Pause. Ich will nicht aufschneiden, aber die Gedanken flossen so maßlos, dass ich eine Menge verlor, weil ich sie nicht schnell genug aussprechen konnte. Dann stellte das Gerät ab, und ich musste mich zwingen aufzuhören. Ich fühlte mich gerettet, siegreich, gutaussehend. Trunken vor Glück und Übermut küsste ich die Kassette. Ich war nahe dem Kollaps. In meinem ganzen Leben hatte ich keine zwei Atemzüge am Stück geredet. Es schmerzte mir der Kiefer infolge der Strapaze des einstündigen Referats. Ich entspannte die Gesichtsmuskulatur, ließ die Schultern kreisen.

Dann schleuderte ich die Decke aufs Bett und zog mich an.

Ich holte Julian aus dem Bett, schnallte ihm den Sturzhelm über, den er im Freien tragen muss, und der Streifzug konnte losgehen.

Von Seesternen und Schraubenschlüsseln

Das Lerchenfeld war ein feuchtes Tuch und ein Paar eilende Stöckelschuhe Richtung Busstation. Julian und ich standen beim Gartentor am Elsterweg. Weit und breit noch keine Bautrupps, die Löcher in den Asphalt bohrten. Ein stiller, warmer Prachtsmorgen. Julian und ich besprachen, was wir unternehmen wollten, aber der Fall war für uns beide von vornherein klar. Um nicht allzu voreingenommen zu erscheinen, machte ich den Vorschlag, aus Neuenschwanders Garten ein paar Äpfel zu krallen, aber Julian rümpfte die Nase und machte schließlich den entscheidenden Schritt.

»Venzle«, raunte er.

Ich nickte. »Ja, das ist ein mutiger und weitherziger Mensch.«

»Schön.«

»Und stark.«

»Venzle wach?«

»Da müssten wir schon nachsehen.«

Also kletterten wir über den monströsen Heckenzaun in

Lüthi-Brawands Anwesen und pirschten uns an Venezuelas Schlafzimmer heran.

Venezuela war Lüthi-Brawands adoptierte Tochter, meine Nachbarin und der einzige Mensch, von dem ich mir alles merken konnte: ihre Lieblingsfarbe, ihren Lieblingsbaum, ihr Lieblingswerkzeug. Sie war neunzehn, machte eine Berufslehre in einer Abbruchfirma (Spitzen, Beißen, Sprengen von Eisenbeton und Mauerwerk) und war sehr begabt, was Technisches anbelangt. Einige behaupteten, Venezuela sei verschroben – ein sehr ungenauer Begriff, um einen Menschen zu erklären. Aber vielleicht war Venezuela wirklich etwas verschroben. Mit vierzehn hatte sie Julian und mich genötigt, an ihrer Seite durchs Quartier zu schleichen und Briefkästen von Tierquälern in die Luft zu sprengen. Als Neuenschwander Julians Schildkröte in seiner Garageneinfahrt zu Kartoffelchips fuhr, rutschte Venezuela die Baseballkappe in die Stirn, und dann wusste ich, bald würden wir wieder die Füße bewegen und Haken schlagen. Sie holte Bodenreiniger hervor, Taschenlampenbatterien, die Zündkerze eines Rasenmähers, einen rostigen Wecker und Putzfäden, und eine Viertelstunde später war von Neuenschwanders Briefkasten nichts mehr übrig als etwas Gerät für die Alusammlung. Darauf entführte Balz (Neuenschwanders Junior) Lüthi-Brawands Sennenhund, und als Venezuela dahinterkam, nahm sie Sturmgewehr und Kriegsmunition ihres Vaters, ging die Straße zu Neuenschwanders Haus hinunter und begann Balz (der die Zimmertür verrammelt und sich unters Bett verkrochen hatte) zu belagern.

Die Belagerung dauerte nicht ganz zwei Stunden und wurde von einer Spezialeinheit der Polizei aufgehoben.

Im Geheimen nannte ich Venezuela Seestern, weil ich natürlich in sie verschossen war, aber auch weil ich befürchtete, dass sie irgendwann einfach an der trockenen Luft zerscherbeln könnte. Sie hatte eine winzige Elfennase, zwei braune Augen wie Baumrinde und Brüste, die zu klein waren für einen Büstenhalter, und sie wirkte so feingliedrig, dass ich sie am liebsten mit Klebern wie »Nicht stürzen« und »Nicht biegen« und »Diese Seite oben« vollgepappt hätte. Venezuela schien mir immer drauf und dran einzustürzen. Ich will nicht behaupten, dass Seesterne einstürzen, aber gewiss ist das Leben etwas anderes als ein weiches Gewässer, wo Seesterne hingehören. Venezuela war in Wirklichkeit natürlich alles andere als zartbesaitet oder gefährdet – sie war eine Löwin von einem Menschen, der Tod, Gesetz und Balz Neuenschwander nicht scheute, und sie verfügte über einen Schlag, ders mit Eryilmaz' Besenkünsten aufnehmen konnte. Eine Frau, die einem eins verpassen kann, ist – nebenbei gesagt – sehr, sehr sexy.

Julian bewarf das Schlafzimmerfenster mit Haselnüssen. Drinnen ging das Licht an, und wir erspähten, wie Venezuela dem altersschwachen, schwerhörigen Sennenhund auf der Bettdecke einen Schubs versetzte und sich aus dem Bett räkelte, noch warm vom Schlaf und ungemacht. Sie trat ans Fenster, wir winkten. Sie zog sich was über, öffnete das Fenster und sprudelte los. »Franz, du trauriger Pistolero! Julian, schön dich zu sehen! Hübsche Frisur!«

Julian schlug ergeben die Augen nieder.

Sie kicherte vergnügt. »Für die Gebrüder Obrist springen die Mädchen reihenweise in den Fluss. Würde mich jedenfalls nicht wundern.«

»Fluss!« rief Julian entzückt.

»Jawohl, so ein ganz langer See mit Schwänen drauf, und die schnattern und schlagen mit den Flügeln. Wenn du Lust hast, locken wir sie ans Ufer und füttern sie mit Marzipan ...« Sie musste gähnen.

»Marzipan?«

»Ich hab dich angeschwindelt, Julian. Schwäne fressen kein Marzipan. Aber ratet mal, was gestern auf der Tourist Information in Interlaken geschehen ist. Ihr wisst ja, ich muss nach Interlaken wegen der Gewerbeschule. Es ist also ungefähr kurz vor zwölf. Ich sitze mit einem Käsesandwich auf einer Bank im Schatten einer prächtigen Kastanie am Höheweg, und da sehe ich diesen weißhaarigen Einheimischen mit einem ziemlich großen Paket in die Tourist Information reinmarschieren. Auf dem Paket steht: Hochexplosiv! Ich glaube, mir bleibt das Herz stehen! Ich warte eine Minute, da stürzen sie heraus und schreien und laufen in alle Richtungen, als wäre ihnen ein Hornissenschwarm auf den Fersen. Noch mal eine Minute, und der Mann kommt heraus. Das Paket hat er dringelassen. Ich denke, pass auf, Venezuela, jetzt kannst du was lernen. Na, ich warte, aber gedonnert hats nicht. Interlaken ist schrecklich. Da gibts nichts außer Münzfernrohren. Was ist mit dir, Franz, wohl noch etwas mundfaul?«

»Du bist wundervoll, Venezuela«, krächzte ich.

»Gesundheit. Ich hasse die Gewerbeschule. Wenn ich ruhig an einem Pult sitzen muss, glaube ich zu ersticken.« Sie lehnte sich weit über die Brüstung. »Der alte Neuenschwander hat einen Dachs überfahren. Auf dem Fußgängerstreifen.«

»Nöösch!« rief Julian begeistert, weil etwas geschehen war.

Venezuela verschwand.

Julian und ich mochten nicht unter dem Schlafzimmerfenster auf Venezuela warten. Wir schlichen über einen Gartenweg, stapften durch Lüthi-Brawands Blumenkohlbeet, dann über einen tröpfelnden Rasensprenger, wir gingen den sauber abgestochenen Rand des Rasens entlang. Die Sonne warf einen sanften, safrangelben Nebel über den Niesen und die anderen Berge, deren Namen sich keiner merken kann. Gemüsebeet um Gemüsebeet schritten wir ab, bis Julians Sturzhelm, den er abgenommen hatte, voll Futterzeug war. In der Werkstatt im Simmental besaß Julian einen hungrigen Hamster, den er immer gleich bitter vermisste. Wir erreichten das ehrgeizige Gewächshaus von Katrin Lüthi-Brawand, wo ich einmal Hanf aufgezogen hatte. Dann bat ich Julian, sich den Helm wieder aufzusetzen. »Du wirst dir weh tun.«

»Nein.«

»Harte Burschen tragen aber einen Helm.«

»Wichs, Franz.«

Julian hatte ein grässliches Vokabular, wenn man ihm Gelegenheit gab, es einzusetzen.

Venezuela kam mit einer Schuhschachtel bewaffnet aus der Haustür. Sie trug ihre Arbeitskluft: Latzhosen, geschnürte Militärstiefel und die obligate Baseballkappe. Sie schlenderte herum und tat, als hätte sie Julian und mich nicht bemerkt. Julian (er liebte es, sich zu verstecken) nutzte die Gelegenheit und huschte auf Katzenpfoten in den Geräteschuppen am anderen Ende des Gartens, einem zierlichen, blöden Zwergenhaus mit Spaten und Rechen davor und daneben. Er biss sich auf die Knöchel, um nicht loszukichern, dann war er verschwunden. Ich pflückte rasch einen Strauß halb verwelkter Gänseblümchen. Venezuela starrte eine Minute lang auf die Gemüsebeete, dann schritt sie auf mich zu.

»Sag mal, Franz, warum muss die Welt so beschissen langsam sein? Halt mal.« Sie drückte mir die Schuhschachtel in die Hände.

»Was ist da drin?«

»Ein Dachs.«

»Ein Dachs?« Ich blickte in die Schachtel. Zwei stecknadelkopfkleine Augen sahen mich an.

»Das Junge von dem Dachs, den Neuenschwander überfahren hat. Wenn ich im Parlament wäre, oder im Stadtrat, ich würde als Erstes den Damen und Herren einen Tritt verpassen und das Tempo ein wenig hochschrauben. Wenn ich ein Haus abbrechen soll, möchte ich nicht Anträge stellen und Bewilligungen einholen, bis das Haus von allein zusammenbricht.«

»Was willst du mit dem Dachs anfangen?« Ich reichte

Venezuela den Strauß Gänseblümchen, um das Junge aus der Schachtel heben zu können. Es war nicht größer als eine Orange und fühlte sich samtig und weich an.

»Wenn ich ein Haus abbrechen soll, möchte ich die Umgebung mit gelbem Band abriegeln und den Zeitzünder einstellen. Mit all dem Papierkram …« Venezuela steckte die Gänseblümchen zum Schraubenschlüssel in die Latzhose, »… ändert sich nie was auf der Welt. Ich bin sehr drauf aus, dass sich was ändert. Du bist da anders. Du liebst Bremsen.«

Den Dachs fröstelte. Ich legte ihn zurück in die Schuhschachtel. »Wenn du ihn aussetzt, verhungert er«, sagte ich. Das Bröslein Dachs lag zusammengekringelt da und suckelte an meinem kleinen Finger.

»Ich sollte ihn ins Tierheim bringen«, sagte Venezuela.

»Nein!« rief ich erschrocken. »Dort fressen ihn die Katzen.«

»Nur ein Scherz, Franz. Ich wollte ihn dir schenken.«

Ich blickte auf. »Mir? Im Ernst?«

Venezuela lächelte. Sie lächelte wie – wie ein katalanischer Garten nach Jasmin duftet, ganz genau. »Also, Franz, raus mit der Sprache …«

Ich streckte den Rücken durch. »Von wegen Abbruch und Papierkram und so?«

»Nein«, sagte sie sanft. »Wo hat Julian sich versteckt? Im Gewächshaus?«

»Er schlägt im Geräteschuppen Wurzeln. Warum warten wir nicht eine Viertelstunde, bis er dort drin eingeschlafen ist?« schlug ich vor. »Dann könnten der Dachs und ich dich zur Arbeit begleiten.«

Venezuela sah mich an, als hätte sie nicht recht gehört. »Und was würde Julian dazu sagen, wenn er aufwacht?«

»Einiges. Er hat ein Mundwerk wie ein Raupenfahrzeug. Aber er wirds nicht merken, wenn wir rasch genug zurück sind.«

»Keine gute Idee, Franz.« Sie zwickte mich in den Arm. »Zwei Brüder, die zusammen losziehen, und der eine von ihnen hockt im Geräteschuppen.«

Sie marschierte geradewegs in den Schuppen. Dann hörte ich ein dumpfes Geräusch – Julian, der hochschnellt und sich den Kopf verdellt. Er jaulte zornig auf und begann, das Weltall anzuschnauzen. Bestimmt hatte er sich hinter dem Schlauchwagen versteckt, in der Absicht, sich hinterrücks an Venezuelas Ohrläppchen zu hängen, und war gegen die Ablage für die Gartenwerkzeuge geprallt.

»Okay, Bruderherz, du ziehst jetzt den Helm an«, rief ich ihm entgegen, als er hinter Venezuela aus dem Schuppen trat. Ein Horn wuchs auf seiner Stirn, aber drei Sekunden später hatte er den Vorfall bereits vergessen. Er starrte verwundert in die Schuhschachtel auf meinem Arm. »Was?« fragte er neugierig.

Ich erklärte es ihm.

Julian streichelte drauflos. Wir müssten den Dachs füttern und pflegen und ihm einen Namen geben, meinte er.

Wir müssten ihn abrichten und ihm die menschliche Sprache beibringen, meinte ich.

Wir müssten vor allem seine Mutter rächen, meinte Venezuela.

Wir verließen Lüthi-Brawands Garten.

Beim Gartentor gab Venezuela erst Julian, dann mir einen Kuss auf die Art der Eskimos und überquerte die Straße. Damit ich nicht in Versuchung kam, ihr eine Ungehörigkeit hinterherzurufen (zum Beispiel: »Halts nicht zurück, Seestern!«), begann ich darüber nachzudenken, was Fischer auf Eisschollen bei minus vierzig Grad daran interessierte, entblößte Nasen in der Gegend rumzutragen.

Ich schob Julian und die Schuhschachtel ins Haus, holte das Rad aus der Garage und wartete auf der sonnenübergossenen Straße, bis Venezuela auf Neuenschwanders Terrasse auftauchte, sich die Baseballkappe zurechtrückte, den Schraubenschlüssel hervorkramte und sich an den Liegestühlen zu schaffen machte. Ich dachte: Wenn ich einen genug großen Blumentopf auftreiben kann, werde ich eine ganze Kastanie ausreißen und sie Venezuela aufs Fensterbrett stellen.

Liege leise

Es war Samstagnachmittag, ich lag bäuchlings auf dem
Fußboden in meinem Zimmer, stützte das Kinn im Handteller auf, nuckelte am Heck eines Bleistifts und blickte auf
ein liniertes Aufgabenblatt. Meine Gedanken schweiften in
die letzte Betriebswirtschaftsstunde zurück.

Frau Brunisholz sollte sich die Stellungnahme anhören,
meine Eingebungen vom Mittwochmorgen. Ich bedrängte
sie, die Kassette abzuspielen, beschwor sie um eine »faire
Chance«, um zwei Minuten ihrer »kostbaren Zeit« …
Schließlich gab sie nach, spielte die Kassette vor versammelter Klasse ab, schien erst reserviert, dann verblüfft,
schließlich regelrecht erschüttert, sie spielte die ganzen
sechzig Minuten ab. Rambo Riedel bat sie an zwei Stellen,
zurückzuspulen. Sie würde sich dazu noch äußern, sagte
Frau Brunisholz am Ende der Stunde.

»Darf ich wieder Fragen stellen?«

»Sie dürfen wieder Fragen stellen.«

… Ich nahm den Bleistift aus dem Mund. In feierlich ver-
schnörkelter Schrift schrieb ich aufs Blatt:

Intelligente betriebswirtschaftliche Fragen

Dann rollte ich mich auf den Rücken und wieder zurück. Ich wehrte mich gegen einen Juckreiz am Arm, gegen das Bedürfnis, einzunicken und gegen noch mehr schweifende Gedanken. Dann schliefen mir die Beine ein.

Ich stand auf, machte ein paar Schritte an Ort, was MC den Dachs (der Name war Blödsinn) bewog, hinter der *Geografie Afrikas* hervorzulugen. Es fiel mir ein, dass ich ihn noch nicht gefüttert hatte. Ich ging in die Küche und öffnete eine Konservenbüchse rote Bohnen, trug sie ins Zimmer hoch, legte mich wieder vors linierte Blatt und schaute dem Dachs beim Fressen zu. Mein Bruder hatte die Herzuntersuchung hinter sich – unregelmäßiges EKG wie gehabt – und war zurück zu seinem Hamster in die geschützte Werkstatt ins Simmental gereist (»Ich Hams, du Dachs«, hatte er verkündet). MC der Dachs legte rasch an Gewicht und Haaren zu, und es schien ganz so, als beabsichtige er zu einem plumpen, kurzbeinigen Tier heranzureifen, mit weißem Kopf und schwarzen Längsstreifen über Augen und Ohren. Er hatte seine eigenen Vorstellungen von Manieren und machte überall hin. Ich hatte ihm unter dem Bett ein Katzenklo hingestellt, aber er benutzte es nicht.

Ich schrieb die internationalen Zeichen für Friede und Anarchie aufs leere Blatt, wälzte mich hoch im Gefühl, etwas geleistet zu haben, ging hinaus, ließ Wasser, kam zurück, zerknüllte das Papier, verstaute MC den Dachs (der zu faul zum Laufen war) in der Schuhschachtel, wanderte zur Bushaltestelle, nahm den städtischen Bus, der ins Gwatt hinauswummte, stieg bei der Haltestelle Bettlereiche aus, kaufte Bier im Detailhandel und besuchte Hüseyin Eryilmaz, den Hauswart.

Ich wusste, solange ich mir seine Pornopostkarten ansehen durfte, würde es mir gutgehen.

Eryilmaz wohnte in einem baufälligen Wirtschaftswunder-Block am Obermattweg. Das Poster seines türkischen Heimatdorfs (ein paar Lehmhütten, ein Minarett, ein grüner Fluss) klebte an der Außenseite der Haustür, die aus irgendeinem Grund nur angelehnt war.

Ich hörte seine Stimme. Sie hallte durchs ganze Treppenhaus. »Ich möchte wissen, wo ihr blöden Viecher euch versteckt!«

Ich stieß die Tür einen Spaltbreit auf. Eryilmaz stand mit dem Rücken zu mir im Flur (der kein richtiger Flur war, nur zwei Kleiderhaken, ein alter Riemenboden und ein Mehrzweck-Schrank). Er trug eine blaue Trainerhose, sein kräftiger Oberkörper war nackt. Er hielt eine Flasche in der Hand und war offensichtlich betrunken wie ein leckes U-Boot. Er schüttelte den Kopf und sprach vor sich hin, den Blick auf den Boden geheftet. Soviel ich erkennen konnte, war er allein in der Wohnung. Vielleicht sprach er mit weißen Mäusen. »Wo steckt ihr denn? Kommt raus und plaudert ein paar Worte mit mir. Nur ein paar Worte, hört ihr? Waffenstillstand. Ist das kein Angebot?«

Dann glitt ihm die Flasche aus der Hand und fiel polternd hin. Eine farblose Flüssigkeit ergoss sich über den Fußboden.

»Verdammt!«, brüllte Eryilmaz. Er hob die Flasche auf und stellte sie auf den Mehrzweckschrank.

Ich klopfte.

»Wer da?« fragte er überrascht.

Ich steckte meinen Kopf durch die Tür. »Ich bins. Ich dachte, ich seh mal vorbei.«

Er schwankte zur Tür. Er entdeckte MC den Dachs in der Schachtel und riss die Augen auf. »Was zum Teufel ist das?«

Ich sagte: »Wir haben Bier dabei.«

»Bier?« Eryilmaz schien wahrhaft bestürzt. »Verdammt, Franz, du musst dich anständig ernähren!«

Er ließ uns herein.

Eryilmaz' Wohnung war eine verlotterte, aber peinlich saubere, behagliche Bruchbude. Ein gelbes Sofa, ein niedriger Couchtisch, blaue Lilien-Tapeten und eine japanische Vollmond-Deckenlampe besiedelten das kleine Wohnzimmer. Auf einem Bücherbord lagen ein paar Bücher und etwas, das wie ein Dolch aussah.

MC der Dachs und ich plumpsten aufs Sofa, bereit, einem nichtsnutzigen Samstagnachmittag das rechte Maß an schlappen Ohren und Halt suchenden Hinterbacken zu verpassen. Ich blätterte im großformatigen, furchtbar unhandlichen Fotoalbum, in dem Eryilmaz seine Pornopostkarten aufbewahrte, und erweiterte meine Kenntnisse über die Vielfalt des weiblichen Körpers. Eryilmaz kauerte auf dem Fußboden, ans Sofa gelehnt, stemmte eine mit Korn gefüllte Mineralwasserflasche und spielte Backgammon gegen sich selbst. (Als ich ihn bei früherer Gelegenheit einmal gefragt

hatte, warum er seinen Schnaps in Wasserflaschen um-
schütte, sah er mich mit seinen blutunterlaufenen Augen
nachsichtig lächelnd an: »Warum nennst dus Schnaps? Wos
doch überhaupt kein Schnaps ist.« – »Was ists denn, was
Sie trinken?« Er drehte den Kopf weg und sah auf seine Bücher, die sich fast alle mit medizinischen, parasitologischen
und immunologischen Themen befassten, und erklärte
versonnen: »Quellwasser, mein Junge, reinigendes Quellwasser.«)

»Da schau her«, flüsterte ich MC dem Dachs ins Ohr,
»wir rauben einer verlogenen Schnapsgurgel die Ruhestatt.«

»Wo hast du den Hund her?« fragte Eryilmaz munter,
Blick aufs Spielbrett.

Ich sagte es ihm. MC der Dachs kraxelte aus der Schachtel.
Eryilmaz wurde nervös. »Ist er – sauber?«

Ich verneinte. »MC mag kein Katzenstreu. Und ich kann
ihn wohl schlecht im Katzenklo einmauern.«

Eryilmaz stierte MC den Dachs auf dem Sofa schweigend
an. Er trank einen tüchtigen Schluck. Ich blätterte eine Al-
bumseite um.

Ohne die Augen vom Dachs zu lassen, fragte er: »Was
denkst du, warum geben sich Frauen für solche Fotos her?«

Es war mehr als verwirrend, was Eryilmaz von den Frauen
auf *seinen* Postkarten hielt. Sie waren in Schwarzweiß und
stammten aus den Fünfzigern. Mit diesen Bildern hatten
John F. Kennedy und Anaïs Nin gearbeitet.

»Vielleicht machts ihnen mehr Spaß, als Bratpfannen zu
verkaufen«, antwortete ich.

»Du hast noch Zeit genug, an Frauen zu denken«, raunte Eryilmaz. Er war eingefleischter Junggeselle. »Jetzt denk zuerst an die Schule. Also merks dir.«

MC der Dachs rollte vom Sofa und erkundete das Wohnzimmer. Eryilmaz glotzte ihm argwöhnisch nach. »Nicht sauber, wie?«

»Die Freiheit der Kreatur. Jetzt breitet sie sich aus.«

»Apropos ausbreiten, sagt dir der Name Johann was?« Eryilmaz entfernte sorgfältig Staubfusel von seiner Trainerhose. »Johann Giorgio Ferri. Primaner. Geht jetzt immer in den Würfel, um im Musiksaal auf dem Steinway zu spielen. Die deprimierenden Sachen. Verdammt gut. Kennst du ihn?«

»Johann? Der Name sagt mir nichts. Kifft er?«

»Bestimmt nicht.«

»Braver Junge.«

»Johann Giorgio Ferri«, wiederholte Eryilmaz genüsslich. »Gebürtiger Italiener. Reiche Eltern. Wohnt in einer Villa am See. Blitzgescheit. Na ja, ein wenig übergewichtig, der arme Junge.«

»Übergewichtig?«

Eryilmaz kratzte sich die Tätowierung auf seiner Brust »Johann Ferri hat Grips, sag ich dir. Er geht nicht ins Gymnasium, um Allah den Tag zu stehlen. Der Rektor hat ihm die Hand geschüttelt und ihm einen goldenen Füllfederhalter zugesteckt. Ich habs gesehen.« Seine Augen glänzten. »Einen goldenen Füllfederhalter!«

»Weil er deprimierende Sachen spielt auf dem Klavier?«

»Weil er lauter Sechsen schreibt. Und weil er als Zweiter auf die Idee gekommen ist, dem Rektor zum Geburtstag zu gratulieren. Ein wohlerzogener Mensch.« MC der Dachs rupfte an den Zipfeln des orientalischen Teppichs unter dem Couchtisch. »Das ist aber ein ganz speziell dämlicher Hund!« Eryilmaz versuchte MC zu verscheuchen. Aber dieser ließ sich nicht beunruhigen. Sofort war er wieder hinter den Zipfeln her. Vielleicht dachte er, Eryilmaz sei ein wenig verrückt, aber harmlos. Auch kleine Dachse irren sich.

»Warum sagen Sie mir das?« fragte ich.

»Dass der Hund blöd ist? Er ist blöd.«

»Nein«, sagte ich ungeduldig, »das mit Johann, dem Musiksaal, den Füllfederhaltern.«

Er seufzte. »Neulich abends, als ich den Musiksaal schloss, fragte Johann mich, ob ich gerne in den Süden fahren und ein paar Tage im Meer baden würde.«

»Sie haben ihm geantwortet, dass Sie lieber im Schnaps schwimmen würden.«

»Er will mir eine verdammte Reise schenken! Weil ich ihm jeden Nachmittag den Musiksaal aufschließe. Was für ein großzügiger Mensch! Seine Familie besitzt eine Insel in Italien …«

Ich legte das Postkartenalbum weg und wartete jetzt auf eine günstige Gelegenheit, um aufs Klo zu gehen und mir einen abzutigern. (Ich war ein begeisterter Wichser. Ich hatte ausgerechnet, wenn ich jeden Tag zwei Stunden weniger schlafe, habe ich im Jahr einen Monat mehr Zeit zum Wichsen.) »Herb«, sagte ich, an norddeutschem

Dosenbier nippend, das Eryilmaz als ungesund eingestuft hatte.

»Das ist die Nordsee. Die Salzluft.« Ein Kenner war er natürlich trotzdem.

»Man kann doch nicht Salz ins Bier tun. Waren Sie schon am Meer?«

»Du etwa nicht?«

»Nein.« Ich war nie am Meer gewesen. Die Eltern befürchteten, Julian würde sich was antun. Wir hatten unsere Ferien immer in bescheuerten Familien-Behinderten-Camps in Appenzell-Ausserrhoden verbracht. »Wann gehen Sie?« fragte ich.

»Wohin?«

»Auf Johanns Insel.«

»Ich kann da nicht hin«, sagte Eryilmaz.

»Warum nicht?«

»Ich habe einen Job. Ich bin Hauswart. Ich kann nicht einfach in Urlaub fahren, wanns mir passt.«

»Mir gefällt die Idee.« Sie gefiel mir wirklich. Eryilmaz war nicht auf der Höhe: Er ließ Flaschen fallen, er führte Gespräche mit imaginären Mäusen. Ich machte mir Sorgen um ihn. Nach allem, was ich mir darunter vorstellte, waren ein paar Tage auf einer stillen, netten, sonnigen Insel genau das, was Eryilmaz brauchte, um wieder zum Besenmann zu werden, der er einmal gewesen war: ein energischer, vernagelter Satansbraten, dessen Zank und Geraufe, wenn ers bleiben ließ, einem sofort fehlte. »Sie sind reif, Besenmann. Verschwinden Sie auf die Insel.«

»Ich will da nicht hin«, brummte er störrisch. »Wie sollte ich da überhaupt hinkommen?«

»Mit einem verfluchten Linienflug.«

»Ich brauch keinen Urlaub. Mir gehts gut. Alles in bester Ordnung.«

»Sie reden im Flur mit Mäusen.«

»Du hast an der Tür gelauscht!«

»Hab ich nicht. Man hat Ihr Gebrüll bis zur Bushaltestelle gehört.«

»Ich bin vielleicht in letzter Zeit ein wenig kampflustig«, räumte er ein.

»Wenns Ihnen auf der Insel nicht gefällt, setzen Sie sich ins nächste Flugzeug und kommen heim. Was haben Sie zu verlieren?«

Eryilmaz schwieg verdrossen.

»Schauen Sie sich die Insel doch wenigstens an. Sie können ja den verfluchten Besen mitnehmen, wenn Sies ohne Arbeit nicht aushalten. Kehren Sie die Insel aus, hetzen Sie meinetwegen Ratten über Klippen. Zeigen Sie den Leuten dort unten, was ein Mann allein zustande bringt. Dieser Johann-wie-auch-immer will Ihnen was Gutes tun. Himmel Arsch, Sie wollen doch nicht ein Geschenk ausschlagen! Um den Würfel kümmere ich mich schon.« Ich klopfte ihm auf die Schulter (was sonst nicht meine Art ist), aber Eryilmaz blickte nur finster vor sich hin.

Plötzlich sausten Backgammonsteine durch die Luft.

»Verfluchtverteufeltes Scheißkleinvieh!«

MC der Dachs raste hast was kannst unters Sofa.

Eryilmaz war außer sich. »Der verdammte Terrier hat auf meinen Teppich geschissen!« Er torkelte aus dem Wohnzimmer und kam mit einem Eimer, Gummihandschuhen, einem Scheuerlappen und fünf verschiedenen Reinigungsmitteln zurück. »Man muss ihm das austreiben!«, schimpfte er. »Man muss ihm die Scheiße in den Rüssel drücken ...«

»Du bleibst draußen«, sagte ich zu MC dem Dachs, der mir besorgt zum Klo gefolgt war. »Wenn der Besenmann auf dich losgeht, beißt du.«

MC scharrte drei Minuten panisch an der Klotür und fauchte mich auf den fünf Schritten zurück ins Wohnzimmer ungehalten an.

»Was gibt das?«, fragte ich Eryilmaz, der auf dem gelben Sofa angestrengt im *Großen Reader's Digest Gesundheitsbuch* las.

»Ich beschaffe mir eine Krankheit«, antwortete er.

»Eine Krankheit?«

Er begann zu husten. Er hustete sich die Lunge aus dem Leib. »Wie klingt das?«

»Grauenerregend.«

Er nickte. »Akuter Bronchialkatarrh.« Er machte ein sorgenvolles Gesicht: »Wohl besser, ich lasse mich für ein paar Tage krank schreiben, wie?«

Es war ein Vergnügen, Eryilmaz später beim Packen zuzusehen, wie er Seife und Taschentücher und Zahnpasta zusammentrug und auf dem Couchtisch auslegte, wie er das Backgammon sorgfältig in ein Stofftuch einwickelte und aus dem Mehrzweckschrank einen eleganten Nadelstreifen-anzug hervorzauberte.

»Ich war auf der Hochzeit von José. José Gonçalves, dem Lehrer. Zwölf Jahre ist das her.«

»Sie wollen doch nicht in einem Nadelstreifenanzug schwimmen gehen?«

»Wer redet von Schwimmen? Ich fahr zur Kur.« Er setzte sich abflugbereit aufs Sofa. Zwei Tage zu früh. »Ich rieche das Meer. Die Pappeln und Blumen, die scheißhausblaue Flut. Meine verdammte Lunge wird auskuriert. Wenn ich zurückkomme, stopf ich den Mäusen das Maul. Ich schnei-de ihnen das Fell weg, ich ...«

»Sagen Sie mal, Eryilmaz, halten Sie Bilanzkennzahlen und Aktienrecht für wissenswertes Zeugs?«

»Ja«, sagte er. »Reich mir das Mineral, Franz.«

Samstagnachmittag im Gwatt: Wärme, Zufriedenheit, Gemütlichkeit.

»Das Militär lässt Sie verfolgen, Besenmann. Die wollen Sie zum General.«

»Ich bin Hauswart. Ich will nicht General sein.«

Und so weiter und so fort.

Süden

Ich lag im Holunderbusch, die Sonne schien südländisch und in der Luft hing Vorsommer. Ich tätschelte MC den Dachs in der Schuhschachtel und blätterte in einer nicht übermäßig abgegriffenen Englisch-Grammatik (auf dem Buchdeckel: der Tower, ein Doppelstöcker, drei Bobbies). Ich hielt das Buch über den Kopf, um der Sonne zu wehren, lernte, bis mir die Augen zufielen, die Arme nach unten sanken und die Grammatik auf meiner Brust zu liegen kam. (Wer zum Teufel spricht schon englisch, fragte ich mich, bevor ich einschlief, außer einem Haufen Kohlengrubenarbeiter in Sheffield und säuerlichen Hausfrauen in Kentucky mit Hausschlarpen an den Füßen? Niemand.)

Ein Nickerchen später ließ ich meine Augen wandern, blinzelte in den Himmel und folgte einem Flugzeug, das lautlos, mit schneeweißer Schleppe den Himmel in zwei Hälften teilend, vorbeizog.

»Pass auf, wos hinfliegt!«, sagte ich zu MC dem Dachs, der aus seiner Schachtel gesprungen war und an der englischen Grammatik schnüffelte.

»Wo was hinfliegt?«

»Das Flugzeug!«

»Was für'n Flugzeug?«, wollte MC wissen.

»Du brauchst nur die Schnauze zu heben, dann siehst dus!«

»Ich mag nicht in die Sonne blicken. Beschreib du mir das Flugzeug!« Das war eine faule Ausrede. MC der Dachs hatte zwar lichtempfindliche Augen, aber ich hatte ihm aus Klingeldraht und zwei Foto-Negativen eine Sonnenbrille fabriziert, die er begeistert auf der Schnauze trug.

»Da oben«, erklärte ich geduldig, »fliegt ein Flugzeug, das so aussieht wie ein *großes* Flugzeug, so eins von den Interkontinentalen.«

»Na und?«, knurrte er säuerlich. »Was soll ich mit diesem Flugzeug?«

Er schnappte boshaft nach den unbewaffneten Bobbies auf der Grammatik. MC trug mir nach, dass ich ihn vor Eryilmaz' Wutausbrüchen weder gewarnt noch geschützt hatte. Die Flucht unters Sofa war ihm in qualvoller Erinnerung.

»Genau dort! Dort ist es! Pass doch auf, wohin ich zeige!«

Gespielt gelangweilt blickte er hoch. »Ich seh deinen Zeigfinger.«

»Folge seiner Verlängerung, Schafskopf!«

»Da oben?«

»Nein, dort oben! Rechts! Rechts! Noch weiter!«

»Ja und?« Er gähnte und wandte sich wieder der Verwüstung Londons zu. Es war beeindruckend, mit welcher Leichtigkeit und Mühelosigkeit seine Krallen den Doppelstöcker auf dem Buchdeckel auslöschten.

»Wohin fliegt es?«, fragte ich unbeirrt.

»Das Flugzeug?«, knurrte er. »Bin ich Geograf?«

Die akustischen Fähigkeiten MCs beschränkten sich auf Fauchen, Knurren, Knirschen, Zischen, Rülpsen, Japsen, Furzen, und ich verstand diese Geräusche natürlich nicht zu deuten. Ich war ein bekiffter Fantast – soweit klar. Etwas allerdings muss festgehalten werden: Wer glaubt, der heilige Franziskus von Assisi hätte sich mit den Tieren in Feld und Wald unterhalten, indem er wieherte und zwitscherte und Bocksprünge machte, irrt sich.

»Nach Süden«, sagte ich bedeutungsvoll. »Nach Süden fliegt cs.«

»Schon kapiert«, grollte der Dachs und legte mit seinen großartigen Krallen auf den Tower an. »Du meinst, da sitzt der Mäusemörder drin. Weil das Flugzeug nach Süden fliegt, deshalb sitzt er auch da drin, selbstverständlich …«

Die schwarzen Punkte

Dienstag, vier Wochen vor Semesterende. Es fiel mir ein, dass gelernt werden musste. Am Kaffeeautomaten warf ich einen intensiven Blick ins Aktienrecht, schritt zum Betriebswirtschaftstest (Frau Brunisholz schien wie Wullschleger süchtig nach Tests), und als ich geschlagen zurückkam, hörte ich, wie ein paar Unerschrockene aus einer Parallelklasse Anton Rambo Riedel hinter seinem Rücken aufzogen, er habe sich eine Trompete anschaffen müssen, um die Musiknoten in den Griff zu kriegen. (»Gerade Rambo und Trompete – irre, Mann, irre!«) Ich horchte auf. Ich hatte die Musiknoten seit Langem aufgegeben. Musik war mein schwächster Zahn. Aber es ist allgemein bekannt, dass eine Leistung im einen Gebiet ein Unvermögen im andern kompensieren kann. Musik zählte für die Promotion nur halb so viel wie Betriebswirtschaft, aber vielleicht … mit Riedels Methode? Ich beschloss es zu versuchen. Meine Sorgen hatten ein Ende. Ich würde Betriebswirtschaft mit Musik wettmachen. Wissen ist für Angeber. Was zählt, ist Überleben.

Ich kaufte Blockflöte und Flötenputzer. Das war das Billigste. Später konnte ich immer noch auf Trompete umsteigen und mit Riedel eine bekloppte Blaskapelle starten.

Ich kletterte mit der Flöte ins Bett, legte die Noten aufs Kopfkissen und sortierte die Sache für mich durch. »Einen leeren Punkt hältst du doppelt so lange aus wie einen schwarzen! Aufgepasst, ein rechts neben dem Punkt stehender kleiner Punkt verlängert jenen um die Hälfte! Nicht vergessen, ein leerer Balken ohne Fähnchen und ohne Mast ist ein Ort zum Luft holen, und zwar viermal so viel Luft wie bei einem linksbündigen L! Nicht nachlassen, ein leerer Punkt mit Fähnchen …« Es klappte nicht. Ich kam nicht über die erste Zeile hinaus. Millionen von schwarzen Punkten, geschwungenen Fähnchen und haarigen Linien … Es schwirrte mir der Kopf.

Ich war nahe daran aufzugeben.

Ich brauchte Rat.

»Geh und sing dem Musiklehrer zum verdammten Geburtstag«, würde Eryilmaz brummen, »das nützt was.«

»Beißen Sie sich durch«, würde Frau Apfel raten.

»Spreng den Musiksaal«, würde Venezuela vorschlagen.

Aber ich wollte nicht jeden Tag meine Überlebensstrategie wechseln.

Am nächsten Tag suchte ich den Psychologen des schulpsychologischen Dienstes auf.

»Was führt Sie zu mir, Herr Obrist? Haben Sie wieder Schwierigkeiten mit Betäubungsmitteln, hm?«

Der Psychologe, ein drahtiger, halbblinder Mann, kam gewöhnlich einmal im Monat vorbei, um mit Oberprimanern im Computerraum (er hatte kein eigenes Büro) Berufswahl-Memory zu spielen, bettnässenden Anschlussklässlern Skilager-Dispense auszustellen und selbstwert-gequälten Terzianerinnen ins Höschen der Vergangenheit zu linsen. Unsere Pfade hatten sich schon einmal gekreuzt, als ich in der Sekunda nach einem Verkehrsunfall unter Ha-schisch-Einfluss von der mildherzigen Prorektorin statt der Schulkommission dem schulpsychologischen Dienst über-antwortet worden war, wo man mich als »labil, aber unver-dorben« eingestuft und laufen gelassen hatte. (Ich hatte mich hingesetzt, alles Gras auf den Tisch geworfen und war in Tränen ausgebrochen.)

Der Psychologe schob sich die Brille ins Gesicht. »Plagt Sie ein Rückfall?«

»Nein, die Sache ist die …«

»Ist es eine Lehrer-Schüler-Angelegenheit, weshalb Sie bei mir vorsprechen?« Er lehnte sich im Sessel zurück, holte Schwung und begann zu kreiseln. Ein lebensfroher Mensch. Der Sessel war ein verdammtes Karussell.

»Nein, es ist …«

»Hm?« Er stoppte die Drehung und trippelte in die Aus-gangsposition zurück.

Ich stieß hervor: »Ich muss diese verfluchte Prima schaffen.«

»Lobenswerte Einstellung.« Er nahm die Brille ab und rieb sich den Schweiß aus den Augen.

»Aber ich muss erst Noten lernen und Gershwin die Klinke putzen, bis ich es geschafft habe.«

»Noten, hm? Was sind das für Noten?«

»Das ist, wenn die verfluchten Komponisten einen

Einfall haben und das nicht selbst auf Tonband hinkriegen. Dann schreiben sies auf und lassen die Musiker ran. Und deshalb müssen wir die Notenschrift lernen, weil wir alles verfluchte Konzertpianisten sind.«

»Und?«

»Ich kann diese Schrift nicht lernen. Ich seh nur schwarze Punkte.«

»Warum sehen Sie nur schwarze Punkte?«

»Früher dachte ich, das hätte was mit Unmusikalität zu tun. Aber ich bin leidenschaftlicher Blockflötenspieler. Da sind all die Zeichen und Fähnchen und Gartenhage, und sie haben die verrückteste Logik. Sagen Sie: Stimmt etwas nicht mit mir?«

Dann zeigte ich ihm die Gershwin-Ouvertüre, ein zwei Meter langer Bogen Papier voller Noten, Kreuzchen und Tempoangaben.

»Und das sollen Sie lernen, hm?« Die Augen quollen ihm aus dem Kopf. Aber er konnte trotzdem nichts erkennen. Die Brille lag auf dem Tisch. Er schob mir die Ouvertüre zurück und wippte abwesend im Sessel. »Kennen Sie sich mit Bambus aus, Herr Obrist?«

»Am Rande«, raunte ich. In diesem Augenblick begannen meine Hinterbacken zu jucken. Bestialisch zu jucken. Es juckte ungeheuerlich, aber ich erlaubte mir nicht, den Hintern zu kratzen. Ich machte ein unangestrengtes Gesicht.

»Sie wissen schon: Bambus, Bambussprossen, Pandabären«, fuhr der Psychologe fort. »Sollten Sie plötzlich die Absicht haben, sich einen Pandabären anzuschaffen, dann werden Sie um Bambus nicht herumkommen. Die Pandas sind ganz wild darauf.«

»Sind sie das«, japste ich. Es zwickte – man kann sich nicht vorstellen, wie es mich zwickte.

»Hm … was ich sagen will …«, er tastete nach der Brille, setzte sie auf, erhob sich, paradierte vor den Computermonitoren auf und ab, »… einen Pandabären anzuschaffen erfordert Ausdauer und Geduld. Nicht wegen des Bären, aber wegen des Bambus. Bevor man den Bären kauft, muss man Bambus pflanzen. Sprösslinge werden in die Erde eingegraben. Sie werden mit Heu und Mist bedeckt. Jeden Tag werden sie gewässert. Man kann die Sprösslinge nicht sehen, aber das Unkraut wird entfernt und der Boden gelockert, und jeden Tag muss man gießen. – Hören Sie mir noch zu, Herr Obrist?«

»Natürlich höre ich zu.« Ich spannte und entspannte meine Gesäßmuskeln. Das Jucken machte mich verrückt.

»Das geschieht vier Jahre lang. Vier Jahre, in denen die Sprossen unter der Erde liegen und keiner weiß, ob sie überhaupt noch leben. Dann aber, nach vier langen Jahren, brechen sie plötzlich durch die Erde. Und dann wächst der Bambus innerhalb von neunzig Tagen zwanzig Meter. Ganze zwanzig Meter, verstehen Sie?«

»Möchten Sie vielleicht ein Glas Wasser, Doc?« Ich musste eine blöde Frage stellen, denn die verfluchte Leinenunterhose war entschlossen, mich in den Wahnsinn zu treiben. (Nachdem ich mir die Plastikblockflöte gekauft hatte, vertrat ich mir in der Bioabteilung vom Kaufhaus noch ein wenig die Beine. Ich ließ mir irgendein Sonderangebot einpacken, und das hatte ich davon. Eine hochmoderne allergische Reaktion.) Gleich würde ich aufspringen, den Hintern an die getäfelte Wand pressen und den Hosenboden durchscheuern.

»Das Anstrengende ist, zu keimen! Stößt der Bambus erst einmal aus der Erde, ist das Einzige, was ihn aufhält, Luft. Der Himmel wird über Nacht zuwachsen mit baumhohem Bambus!« Der Psychologe ließ sich in den Sessel fallen, nahm wieder die Brille ab, wischte sich mit dem Handrücken übers Gesicht.

Mcin Hintern schnellte in die Höhe. Selber überrascht wippte ich ungemein lässig auf den Absätzen.

Der Psychologe faltete die Hände über seinem Bauch und fasste einen Monitor ins Auge. »Zwanzig Meter in neunzig Tagen, Herr Obrist!«

»Verdammich«, entfuhr es mir. Ich rannte aus der Tür und begann mich verzweifelt zu kratzen.

Ich war nicht gespannt, was als Nächstes passieren würde.

Ein Champion geht zu Boden

Abendessen daheim. Nachdem ich mir sicher war, dass Mutter und Vater am Küchentisch in Konversation verstrickt waren, las ich – über meinen Teller gebeugt – die Postkarte von Eryilmaz.

Er hatte sie, dem Poststempel nach, vor zwei Tagen abgeschickt. Die Insel sei »herzzerreißend«, schrieb er mit so winzigen Buchstaben, als ob er die Karte mit einem Stiftdraht geschrieben hätte. Seine Lunge schöpfe neue Kraft, und er denke nicht daran heimzukehren. Es gäbe keinen entzückenderen, reinlicheren Ort auf der Welt, schrieb er. Es gäbe nichts zu wischen, der fleißige Hausgehilfe erledige die paar dürren Stechpalmenblätter, die über die Terrasse vom Ferienhaus geweht würden. Er habe sich den Pool mit Mineralwasser auffüllen lassen (und ich hoffte, er meinte nicht Schnaps). Er liebe Italien, das Meer, die Orangen und Melonen. Er habe einen kleinen Käfer in den Eingeweiden, sodass er täglich zwei Stunden auf dem Klo verbringe. (Doro Apfel wäre grün angelaufen vor Neid.) Aber das mache ihm nichts aus. Wenn er sich anstrenge, sehe er vom Klo aus übers ganze Mittelmeer bis nach Ägypten (was bestimmt gelogen war), er lausche den Muezzins in Alexandria (dito), und das rufe ihm die Erinnerung wach an Hasankeyf, sein Heimatdorf am Tigris. Er hocke auf dem Porzellan und weine vor Herzweh und Glück, und den Hintern putze einem eine in die Schüssel eingebaute Wasserpistole. »Wenn dir der Würfel Schwierigkeiten macht, frag Johann Giorgio Ferri! Tod den Mäusen!« klotzte er auf den letzten freien Winkel der Postkarte (hellbraune Klippen).

Ich steckte die Karte in die Gesäßtasche, leerte meinen Teller und versuchte, mir den Besenmann dort unten vorzustellen. Wahrscheinlich lag er im Nadelstreifenanzug an der prallen Sonne, benutzte eine Flasche Grappa als Kopfkissen und schnarchte unbezähmbar …

»Nehmen Sie diesen oder jenen oder einen anderen, nehmen Sie irgendeinen«, redete Vater und verteilte die letzten Ofenkartoffeln. »Ich habe ein Bein übers andere geschlagen und dem Abteilungsleiter klargemacht: Diesen oder jenen oder … Was ist los, Muttchen? Habe ich das Radio nicht abgestellt?«

Mutter starrte zur Küchentür hinaus ins Wohnzimmer. »Ja, ich meine, nein, du hast es abgestellt. Ich habe mich nur gefragt, warum das Telefon klingelt. Wir sind am essen. Jesus, ich ertrage das nicht.«

Ich ging ins Wohnzimmer und nahm den Hörer ab. »Johann – wer? MC, verflucht, nimm die Pfoten von der Blockflöte! Okay, leg los, was willst du?«

Meine Knie zitterten, als ich das Rad abschloss und zum Eingang vom Regionalspital hinüberging.

»Wenn er nicht durchkommt, bin ich schuld«, murmelte Johann Giorgio Ferri finster. Ich ging ruhelos am Empfang auf und ab. Johann saß auf einem grauen Schalensessel. »Ich hätte ihm die Reise nicht schenken dürfen.« Nach einer gedankenschweren Pause: »Es war wohl Dankbarkeit für all das Gute, das er mir getan hat.«

Der Arzt kam auf uns zu. Er trug einen weißen Kittel und ein Klemmbrett unter dem Arm. Er roch antiseptisch. (Er roch überhaupt nicht.)

Johann wälzte sich aus dem Sessel.

»Kopf hoch!«, sagte der Arzt, »die Strapazen der Überführung hat er überstanden.« Er nagte an seiner Unterlippe. »Er ist allerdings schwer trunksüchtig.«

»Er ist Alkoholiker«, kam ich ihm zu Hilfe.

»Seine Leber ... wie soll ich sagen ... sie ist schlecht beieinander. Ein einziger Schwamm, wissen Sie.«

Johann sank schuldbewusst in den Plastiksessel zurück.

»Wann können wir ihn sehen?«, fragte ich den Arzt.

»Man wird Ihnen Bescheid geben. Sie können hier warten, bis Sie gerufen werden.«

Dann war er weg. Ich schaute durch die Glasscheibe am Empfang. Der ganze Tresen schien voller Untersuchungsblätter. Eine Schwester mit Damenbart ordnete die Untersuchungsblätter und Röntgenaufnahmen von Eryilmaz, die ihr der Arzt übergeben hatte. Sie veranstaltete ein ziemliches Durcheinander. Die Blätter waren rot, viel röter als bei anderen Patienten (wenn es wirklich die Blätter anderer Patienten waren). Die Schwester hob ein Blatt hoch, damit ich es besser sehen konnte. Die Farbe Rot hörte irgendwo auf, und der Rest des Blattes war leer. Ich wusste nicht, wie ich mich verhalten sollte. Ich bedeutete der Schwester, sie solle die Unterlagen so gut hüten wie ihre Familie, ihre Kinder, ihr Augenlicht (es war eine sehr komplizierte Geste, die ich vollführte). Die Schwester nickte freundlich. Es war eine zuvorkommende, fromme Krankenschwester, die sich bestimmt nicht für Nacktfotos hergab. Sie würde Eryilmaz imponieren.

»Herr Eryilmaz hat mir den Musiksaal aufgeschlossen, weil ich daheim nicht üben kann«, murmelte Johann wieder. »Er hat mich zur Seite genommen und gesagt, wenn ich weiter den Kühlschrank plünderte, könnte ich bald nicht mehr auf meinen Beinen stehen.«

Ich sagte nichts. Es war ein Selbstgespräch.

»Er hat mir jeden Tag aus Italien geschrieben, was ich für ein wunderbarer Mensch sei, dabei bin ich gar kein richtiger Mensch. Ich werde an den See fahren und mich ertränken.« Er schlug sich aufs Knie. »Wir hätten ihm helfen müssen. Wir hätten hingehen und ihm den Schnaps wegnehmen sollen!« Herausfordernd starrte er mich an.

»Er hat gern gesoffen«, erwiderte ich.

»Woher willst du wissen, dass Herr Eryilmaz so viel trinken wollte?« Johann lachte unbeherrscht los. »Ach ja, richtig! Er trinkt schließlich aus hygienischen Gründen! Desinfektion! So ein Unsinn!«

Eryilmaz erzählte offensichtlich allen dieselbe Geschichte.

»Wird es denn passieren?«, fragte Johann, auf einmal den Tränen nahe.

Ich fragte: »Was wird passieren?«

»Wird Herr Eryilmaz tatsächlich sterben?«

»Ja«, sagte ich, um ihm wehzutun. Johann Ferri – der »blitzgescheite, ein wenig übergewichtige Junge« vom Musiksaal, dem Eryilmaz Italien zu verdanken hatte. Ihm – und mir. (»Sie sind reif, Besenmann. Verschwinden Sie auf die Insel.«) Mein Magen verkrampfte sich.

»Ich bin sicher, Herr Eryilmaz hat dir auch viel Gutes getan.«

Ich nickte. »Weißt du, wie Frauen vor vierzig Jahren gebaut waren?«

Johann flüsterte verletzt: »Du tust so, als berühre dich das überhaupt nicht.«

Eine Viertelstunde verstrich. Dann sagte ich: »Ich glaube, wir sollten jetzt zu ihm gehen.«

»Vielleicht sollten wir besser warten. Ich möchte dem Arzt nicht ins Handwerk pfuschen. Er gibt Herrn Eryilmaz noch eine Chance.«

»Zum Teufel mit dem Arzt. Gehen wir.« Ich wollte nicht allein gehen.

»Nein, bitte, Franz.« Er wimmerte.

»Himmel! Was, glaubst du, können wir hier für ihn tun?«

Johann zuckte nicht einmal mit den Schultern. Eine Ewigkeit warteten wir auf einen Arzt oder jemanden, der uns zu ihm bringen würde. Dann ging Johann auf die Toilette. Als er zurückkam, sagte er: »Wollen wir jetzt zu ihm gehen?«

»Sicher.«

»Du weißt, wo sie ihn hingebracht haben?«

Wir irrten durchs Krankenhaus. Ich setzte mich in einen Rollstuhl und Johann schob mich durch die Gänge, damit uns keine Schwester aufhielt und zum Empfang zurückschickte. Bei jeder Tür sagte ich »Stopp!« oder »Nein, weiter!«, und Johann schob mich weiter oder stoppte, er machte immer das Gegenteil von dem, was ich sagte.

»Hier!« zischte ich.

»Das ist der Gebärsaal«, brummte Johann.

Vor und zurück, vor und zurück, Johann schob mich durch die Gänge wie einen Einkaufswagen. Gute Tarnung, wirklich famos.

Dann fanden wir Eryilmaz. Johann zeigte auf ein Türschild. »Hier muss er drin sein.«

Es war die Intensivstation.

Eryilmaz lag unter einem Sauerstoffzelt in einem Bett mit Rädern. Es waren Maschinen da, Schläuche und Bildschirme, und etwas tickte und piepste.

Eryilmaz verzog die Mundwinkel. Die Bewegung schien ihm unendlich Mühe zu machen. Seine Augen waren glasig, das Gesicht wirkte verfallen. Der Mann, der unter diesem Zelt lag, hatte nichts gemein mit dem grimmigen Stahlbolzen, der mich in der Einstellhalle zum Nichtkiffer prügeln wollte. Eryilmaz war vierzig oder fünfundvierzig – hier sah er aus wie siebzig, achtzig. Ein gebrochener Mann.

»Wir haben Ihnen etwas mitgebracht«, sagte ich leise. Johann schwieg. Ich zeigte auf den Rollstuhl. Da lag sein

Besen, den wir durchs ganze Krankenhaus gefahren hatten. Ich hätte ihm den Besen in die Hand gegeben, aber das Sauerstoffzelt war dazwischen. In den Besenborsten waren ein paar Staubfusel, und ich nahm sie weg, bevor Eryilmaz sich darüber aufregen konnte. Ich stellte ihm den Besen ans Bett.

Zu meiner Überraschung stöhnte Eryilmaz: »Ich wollte, die würden mir etwas zu trinken geben.«

»Man hat Sie eben aus dem Koma geholt«, flüsterte Johann bestürzt.

»Halten Sie durch«, sagte ich. Und ob er durchhalten würde. Dass sie ihn auf der Intensivstation behielten, hatte nichts zu bedeuten. Jeder geht mal zu Boden. Ein Champion rappelt sich auf. Eryilmaz war ein Champion, das stand fest.

In dem Augenblick kam ein Krankenpfleger herein. »Was machen Sie hier? Sie haben keinen Zutritt!«

Ich versuchte es mit einem sentimentalen Trick und flüsterte ihm etwas ins Ohr.

Er schüttelte den Kopf: »Tut mir leid. Ich muss Sie bitten, Ihren Onkel jetzt allein zu lassen.«

»Ich bin nicht denen ihr Onkel«, protestierte Eryilmaz kaum hörbar.

Auf dem Flur kam es plötzlich über mich. Ich rannte aufs Klo und begann zu heulen. Ich heulte und heulte, ich drückte die ganze Zeit die Spülung, damit mich keiner heulen hörte.

Besuchszeit

Abends nach der Schule radelte ich zwischen Lerchenfeld und Regionalspital hin und her und hielt abwechselnd Krankenwache bei Eryilmaz und zu Hause bei MC dem Dachs, der sich vorgenommen hatte, ein wenig zu erkranken: Seine Nase war verstopft, die Augen mit Flirz verklebt, er hustete kläglich, verkroch sich fiebernd unters Bett. Nach drei Leidenstagen war der ehemals muntere Dachs nur noch ein jammervolles, lebloses Bündel. Ich versorgte ihn mit Nasentropfen, flößte ihm warme Suppen ein, säuberte seine Augen und wickelte ihn in Wolle. Schließlich brachte ich den Dachs zum Tierarzt, der ihm eine Spritze verpasste und Glück wünschte. Am übernächsten Tag raffte sich MC auf die Beine, schleppte sich am Katzenstreu vorbei zum Wäscheturm und machte eine Pfütze. Ich jubelte so laut, dass Mutter in der Küche den Kaffee verschüttete, weil sie dachte, ich hätte mir bei einem Sturz aus dem Bett den Kopf eingeschlagen. Vierundzwanzig Stunden später hatte MC einen Kissenbezug ruiniert und die Blockflöte einmal vom Fenster zur Tür gerollt. In der folgenden Nacht hörte der Husten auf, und er war wieder ein richtiger, indolenter Dachs.

Eryilmaz machte sich MC nicht zum Vorbild.

»Wie lange wollen Sie ihn denn hierbehalten?«, fragte ich den Arzt.

»Ein paar Tage wird er uns schon noch in Anspruch nehmen.«

»Wie schlimm steht es um ihn?«, fragte Johann.

»Leberzirrhose, Insuffizienz, Beruhigungs- und Schmerzmittel, Alkoholentzug und Delirium«, antwortete der Arzt langsam. Er sprach von »stabilem Zustand«, von »möglichen Komplikationen« und von »viel Zeit zum Nachdenken«.

Eryilmaz war inmitten von leeren Schnapsflaschen auf der Terrasse vom Ferienhaus aufgefunden worden, nachdem er vermutlich versucht hatte, den »kleinen Käfer« aus seinen Eingeweiden zu schwemmen.

Zwar wurde Eryilmaz von der Intensivstation in einen Raum mit fünf weiteren Betten verlegt, aber er erholte sich nur langsam.

Die ersten Tage lag neben Eryilmaz nur ein Junge mit zwei bandagierten Augen. (Er hatte liegengebliebene Feuerwerkskörper vom letzten Silvester in einen Mikrowellenofen gesteckt und mit einer Stoppuhr die Zeit gemessen, bis etwas passierte.) Im Verlauf der Woche füllte sich der Raum mit einem komplizierten Schienbeinbruch eines Dressurreiters, einem Blinddarm (der sich als Darmkrebs entpuppte) und verschiedenen kleinen ambulanten Dringlichkeiten mit steinernen Gesichtern aus der Rekrutenschule. In diesem Zimmer war so ziemlich alles beisammen, was an einem Körper kaputtgehen kann.

»Wie gehts, Eryilmaz?«

»Es ist die Hölle. Der Dressurreiter hält alle wach. Also wirklich«, brummte er unmutig, »ich liege doch nicht hier, um mir Geschichten über Pferde anzuhören.«

Wenn Eryilmaz jetzt ins Leere starrte oder bei einer Partie Backgammon auf seinem Bettlaken die falschen Steine bewegte, dann stiegen in mir Bilder auf von dösigen Wochenenden, von unsinnigen Reden und Zeitvertreib, von Dingen, die anders waren als hier, und an Orten, wos weniger Kummer gab.

»Verdammt, Jungens, was schleicht ihr dauernd um mein Bett rum? Ihr müsst doch Bücher lesen und Tests schreiben!«

»Darüber sollen Sie nicht nachdenken«, murmelte Johann. »Wichtig ist, dass Sie gesund werden.«

Johann und ich schleppten alles an, was Eryilmaz etwas bedeutete. Nach und nach sah es an seinem Krankenbett aus wie bei ihm zu Hause am Obermattweg. Auf dem metallenen Tischchen lagen ein paar Bücher und das Album mit den Pornopostkarten, das er, um die Schwestern nicht zu erschrecken, immer zugeschlagen hatte. Seine orangefarbenen Überhosen hingen im Schrank. Als wir sie hergebracht hatten, wollte er sie unbedingt anziehen (Eryilmaz zeigte plötzlich viele seltsame Anwandlungen, die ich dem Entzug und den Medikamenten zuschrieb); es war eine Heidenarbeit, und als er es geschafft hatte, platzte die Schwester herein, kriegte einen Anfall und wütete, bis Eryilmaz wieder im weißen Hemd dümpelte. Johann flog den Hausgehilfen von der Insel ein, und dieser brachte dem Patienten den liegengebliebenen Nadelstreifenanzug und eine Flasche Grappa mit, deren Inhalt wir ins Lavabo schütteten. Ich schnitt ein paar Holunderzweige und stellte sie in die Grappaflasche und das Ganze kam zu den Porno-postkarten aufs Tischchen. Nur das gelbe Sofa blieb in seiner Wohnung, obwohl er es unbedingt bei sich haben wollte.

»Kommt nicht infrage«, sagte ich. »Wo soll denn das aufhören? Wollen Sie, dass Ihnen Johann noch Hasankeyf einfliegt?«

»Das Minarett wär schön …« Er schloss die Augen, als denke er an etwas ganz anderes, »es ist ein sehr schönes Minarett.«

»Sie sind ein verfluchter Atheist, Eryilmaz!«

»Religion ist für alte Weiber«, raunte er und blickte mich auf einmal merkwürdig ernst an. »Lass dich nicht von alten Männern an der Nase herumführen!« Mit einem seltsam dringlichen Ton in der Stimme, den ich von Eryilmaz nicht gewohnt war, wandte er sich an Johann. »Johann! Du bist eine Sonnenkugel! Ich will, dass du dir das ins Herz brennst!«

(Ich nannte Johann Fettarsch oder Wampe oder Dicker-chen. Eryilmaz nannte ihn Horowitz oder Einstein oder Sonnenkugel. Das war der Unterschied.)

»Aus dir soll etwas werden, Johann!«, erklärte Eryilmaz. »Tu mehr als deine verdammte Pflicht! Was sollst du dir vor Augen halten?«

»Ich bin der Schöpfer meines Lebens«, antwortete Johann dumpf. Sie mussten das schon früher durchexerziert haben. Vor dem Musiksaal, vielleicht.

»Was, was?«

»Die schönsten Dribblings nützen nichts, wenn ich aufs falsche Tor losziehe …«

Ich konnte mir Johann schlecht auf einem Fußballplatz vorstellen und musste lachen. »Jawohl, denn das Leben ist eine Sightseeing-Tour mit einem Busfahrer, dem man von Zeit zu Zeit eine Pistole an die Schläfe setzen muss.«

Mit einer rasenden Handbewegung räumte Eryilmaz das Pornopostkartenalbum vom Tischchen und schmiss den Infusionsständer um. Erschöpft fiel er in Ohnmacht.

Am nächsten Abend schlich ich mich wie ein Missetäter in Eryilmaz' Zimmer.

Er atmete schwer. »Franz! Was sollst du tun?«

»Ich soll Rauch meiden und Salat fressen und ein verfluchter Streber sein.«

»Du sollst all diese Bücher lesen, die so dick sind, dass sie von alleine stehen, kapiert?«

»Kein Problem, Besenmann.«

»Johann!«

»Ich bin der Schöpfer meines …«

»Du sorgst dafür, dass Franz nicht rumhängt. Bring den Jungen ans Pult, lern ihn an der Decke gehen, und wenn du ihm alles reinprügeln musst. Franz, deine Schuhe motten grauenhaft. Wenn ich zurück bin im Würfel …«

Er hörte plötzlich zu reden auf.

»Alles in Ordnung, Besenmann?«

»Ich halts nicht aus!«, rief er voller Zorn. »Die lassen mich hier verdursten!«

Peggy vom Wettbüro

Beim Treppengeländer, umringt von einer Anzahl quasselnder Terzianer während der Zehn-Uhr-Pause am nächsten Morgen, langweilte sich ein Mädchen, hielt Ausschau, erblickte mich, löste sich aus ihrem Kreis und kam auf mich zu.

»He, Franz! Mein Gott, bist du bleich!« Es war diese mollige, hinreißende Terzianerin in der Stretchhose.

»Peggy, Kleines.«

Sie hieß nicht Peggy. Ich wusste nicht, wie sie in Wahrheit hieß. Ich nannte sie immer so, wonach mir gerade der Sinn stand. Ich hatte Peggy schon Marilyn und Kraut und Tamtam genannt. Peggy störte das nicht, im Gegenteil. Sie schlüpfte gern in Rollen. Sie wollte eine berühmte Charakterschauspielerin werden.

»Du bist doch nicht etwa krank?«

Ich winkte ab und lud sie auf einen Kaffee am Automaten ein – zum Dank für ihr überwältigend rundes Gesicht, das meine Stimmung etwas zu heben vermochte, auch wenn genug Lippenstift dran war, dass man damit ein Schiff lackieren konnte. »Wie stehen die Dinge?« fragte ich.

»Mir gehts dreckig«, sagte sie. »Das dritte Mal daneben gehauen in drei Runden.«

»Wovon sprichst du?«

»Wir schließen Wetten ab, wer von euch Primanern abschifft und wer absahnt.« Sie lächelte belustigt, stolz auf sich selbst. »Wir wetten auf eure Zensuren.«

»Auf unsere Zensuren?« fragte ich zweifelnd. »Und das bringt Geld?«

Gewöhnlich unterhielt Peggy sich mit mir (und allen anderen) über ihr Lieblingsthema – Hollywood – und schloss Wetten ab auf Besetzungslisten und Einspielergebnisse, wo sie sich meisterhaft auskannte. Ich kannte an Filmen nur, was ich auf SF 1 gesehen hatte. Einmal wollte ich mit ihr um fünf Franken wetten, ob die Unschuld, die Michael Corleone zu Beginn des *Paten* auszeichnet, vielleicht Vitos Werk ist, weil der Don beim abschließenden Treffen ja zugibt, er habe gehofft, Michael als Senator oder Gouverneur zu erleben. Das machte Peggy wütend. Auf Absichten des Drehbuchautors wette sie nicht, hatte sie gesagt, und strich die fünf Franken ein, ohne die Frage zu beantworten.

Dass sie jetzt auf Zensuren wettete, bedeutete eine Neuheit. Peggy war allerhand.

»In Franz und Mathe setze ich auf einen Außenseiter, der Johann Ferri übertrumpfen kann. In Musik und Biologie, wo niemand den Dicken übertrumpfen kann, setze ich auf ihn. Aber er ist auf dem absteigenden Ast. In Musik werden die Herausforderer mittlerweile 3:1 gewettet.« Sie machte ein tristes Gesicht.

»Wenn ich dir einen Rat geben kann, ich würde eine Weile nicht auf Johann setzen«, sagte ich. »Die traurige

Sache mit dem Hauswart nimmt ihn stark mit …« Ich räusperte mich. »Immerhin: Eryilmaz erholt sich.«

»Das ist gut.« Peggy schwieg einen angemessenen Moment, dann fasste sie meinen Arm und lächelte keck. »Wie kommst du mit der Musik zurecht, Franz?«

»Hast du eine Wette laufen?«

»Ich habe nicht auf dich gesetzt, wenn du das meinst. Reine Neugier: Wie läufts mit den Noten?«

»Überhaupt keine Schwierigkeiten«, sagte ich. Sie wollte den Arm nicht loslassen.

»Okay, wie sieht eine Achtelpause aus?«

»Eine Achtelpause?«

»Ja, eine Achtelpause.«

»Ich will von dem Zeug nichts wissen, während ich einen Kaffee trinke. Es langweilt mich, okay?«

Peggy schenkte mir ihr süßestes Lächeln. »Jetzt weiß ich, wem du gleichst.« Sie nannte den Namen eines Schauspielers und rückte näher, bis wir Bauch an Bauch standen. Ich erstarrte wie ein kleines Mädchen, das auf dem Pissoir statt auf dem Damenklo gelandet war.

»Augenblick mal, Peggy, das scheint mir ziemlich seltsam …« Ich bekam eine Erektion, Ohrensausen und brach in Schweiß aus.

Peggy legte ihre Hände auf meine Hüftknochen. Es soll Männer geben, die von so was träumen.

»Himmel Arsch, Peggy! Das ist doch eine …«, ich rang nach Worten, »eine … intime Angelegenheit!«

Ich spürte ihre bemalten Lippen und ihren Atem an

meinem Gesicht. Ihre Stimme klang weich: »Bis jetzt hast du dich gut gehalten, Franz. Willst du dich nicht weiter gut halten?«

»Weißt du, was man bei uns zu Hause sagt?« fragte ich, so geheimniskrämerisch wie möglich. »Gold hält, Geld zerfällt.« Ich hatte das aus irgendeiner Radiodiskussion um die Auflösung der nationalen Goldbestände, und ich hatte mir diesen Mist natürlich gemerkt.

Peggy stellte das Gefummel ein und machte sich von mir los.

»Hör zu Franz, irgendwann …«

Die Terzianer kamen hinzu und drängten uns auseinander. Sie schnatterten auf Peggy ein und verstopften den Kaffeeautomaten mit Kleingeld (unsere kleine Farm).

Die Gelegenheit war günstig, um den Plastikbecher zur Recyclingbox für Plastikbecher zu tragen.

Peggy rief hinter mir her: »Irgendwann, Franz, wird dich ein Mädchen gern genug haben, um nicht nur mit dir rumalbern zu wollen.« Sie war mir nicht böse, vielleicht lachte sie mich aus. »Wirst du dann einfach schön stillhalten und versuchen, nicht tot umzufallen? Versprichst du mir das?«

Beim Sultan

Lern ihn an der Decke gehen, und wenn du ihm alles reinprügeln musst!« Ich fragte mich, ob einem dieser Blödsinn
nur im Alkoholentzug einfallen kann oder ob es ausreicht,
gelegentlich im Computerraum dem Schulpsychologen
eine Sesselschraube anzuziehen.

Aber Johann fühlte sich verpflichtet, mir Nachhilfe in
Musik anzubieten, und ich sagte zu. Die Blockflöte war
von MC dem Dachs ausgeschlachtet worden. Der Bambus
spross nicht. Vielleicht würde Johann, der auf dem Konzertflügel im Musiksaal spielte, es schaffen, aus mir einen
Gershwin-Experten zu machen. Er hatte zwölf Tage Zeit.
Eryilmaz, der das Ganze eingefädelt hatte, verfolgte lang-
fristigere Ziele, keine Frage. Er wollte Johann, den Klugen,
und mich, den Langen mit dem Gesicht eines blöden
Schauspielers, miteinander verschwistern. Ich weiß nicht,
was für ein Mischwesen sich seiner Meinung nach daraus
ergeben sollte (der Gymnasiasten-Prototyp? Die Frau des
amerikanischen Präsidenten?), aber mein langfristiges Ziel
war, Eryilmaz bei Laune zu halten. Johann, Eryilmaz und
ich – wir waren ein Trio, wo jeder jeden versucht, kamerad-
schaftlich aufzubauen. Total bescheuert.

Johann winkte mit routinierter Geste ein Taxi heran, und unterwegs kauften wir Lebensmittel – einen Pappkarton vollgestopft mit rohem Gemüse, Reis, einem gebratenen Truthahn, Wein, einer Schwarzwäldertorte und Zwiebeln für MC den Dachs.

»Von mir aus kann der Dachs auch die Torte haben«, sagte Johann großmütig.

»Er mag Kirschen nicht«, sagte ich. »Du bist der einzige Italiener, den ich kenne, der Johann heißt.«

Johann kannte keine Geheimnisse. »Das geht auf meinen Vater zurück. Der hieß schon Johann. Er war ein deutscher Tourist, ein Amateurtaucher, der meine Mutter geliebt hat, bevor er in einer Unterwasserhöhle hängen blieb. Das war auf dieser unseligen Insel, auf der Eryilmaz …« Johann stockte. »Meine Mutter wurde nach meiner unehelichen Geburt von den Einwohnern der Insel geächtet.«

»Elende Katholiken.«

»Sie emigrierte in die Schweiz. Da hat sie meinen Stiefvater geheiratet. Mich hat sie natürlich mitgenommen. Ich könnte dem Dachs die Kirschen aus der Torte kratzen.«

»Was tut dein Stiefvater?«

»Er ist Regierungsstatthalter, und ihm gehören ein paar Zulieferbetriebe der Waffenindustrie. Selten daheim. Ich könnte dir nicht sagen, welche Haarfarbe er hat.«

»Deine Mutter?«

»Ich dürfte das gar nicht sagen. Sie beschäftigt sich mit der Rache am Dorf, wo sie herkommt. Sie kauft Quadratmeter um Quadratmeter der Insel, sie lässt die Felder verwildern, schließt die Fischkonservenfabriken und treibt die Einheimischen in die Armut oder aufs Festland. Sie baut Ferienhäuser, die niemand außer Hausgehilfen und Eryilmaz …«, er stockte wieder. »Biegen Sie da vorne …«

»Und deine Erziehung hat man also dem Kühlschrank überlassen.«

»Bitte?«

Die Villa in Oberhofen am Thunersee, in der Johann zu Hause war, sah ungemein schick aus, prächtig und kolossal.

Spuren jeglichen Lebens sind zu vermeiden. Turnschuhe sind am Tor auszuziehen und auf dem Parkplatz für Kleinwagen zu parkieren. Bitte auf dem Kiesweg bleiben. Bitte leise gehen! Die Rosen nicht erschrecken! Am Eingang bitte kontrollieren, ob das Hemd in der Hose steckt und ob der Hosenstall verschlossen ist. Es stehen Filzpantoffeln bereit. Schlechten Atem, Hautausschläge, Erbkrankheiten und Fürze bitte an der Garderobe abgeben.

So schick sah sie aus, die Villa. Sie musste vom Hofarchitekten eines französischen Königs entworfen und mit Hilfe von mindestens dreihundert Sklaven erbaut worden sein. Wir traten ein. Innen gab es Gemälde, Statuen, Tapisserien, Armbrüste …

Wir schleppten die Lebensmittel in die Küche, die so groß war, dass sich MC der Dachs verlief. Johanns Leibkoch war nirgends zu sehen. Wahrscheinlich war er mit einem gecharterten zweimotorigen Flugzeug unterwegs zum Wolgadelta, um vor dem Nachtessen noch etwas Kaviar zu fischen. Ich fand MC den Dachs und zwei Kelche im östlichen Flügel der Küche und schenkte Wein ein.

Man wandelte die Nussbaumtreppe hoch.

Mein Nachhilfelehrer behauste ein nettes Zimmer, schalldicht und innendekorativ. »Packe die Bücher ruhig schon aus. Nur eine Minute …«

Ich kippte die Bücher aus der Plastiktasche auf den persischen Teppich aus Sotheby's Orientkatalog. Johann kam zurück, einen Truthahnflügel im Mund und ein halbes Pfund Kürbiskernbrot unterm Arm. Er hatte seine Jacke abgeworfen und trug einen ungeheuren avocadogrünen Kaftan.

»Seid gegrüsst, Sultan.« Ich verbeugte mich. »Ich bin ein Freund von Johnny Wunderkind. Er wollte mir die Musik beibringen. Ein Glas Wein gefällig?« Seit Eryilmaz im Spital lag, war ich gegen aussen hin ein ewigdämlicher Scherzkeks.

Johann glaubte sich entschuldigen zu müssen. »Ich trage zu Hause immer einen Kaftan.«

Dann riss er den Trutenflügel auseinander und reichte mir ein Stück. Ich aß ihn zur Hälfte und verfütterte den Rest an MC. Ich streckte mich auf dem Teppich aus, seufzte. Der Wein begann zu wirken. Ich könnte hierbleiben, dachte ich, die Fenster streicheln und den Rasen maniküren, ich könnte die Pferde striegeln und die Louis-XV.-Sessel polieren, im Zigarrenzimmer die Lederbibel entstauben – während in schlechten Momenten Johann für mich sorgt, mir ein Sandelholzbad einlässt und mir ein Mayfair Summer Special aufs Kopfkissen legt. Tafelrunden, Sprudelwasser,

Ausgelassenheit. Eine Welt ohne Leberinsuffizienzen und gefährdete Promotionen.

Johann ging in den Schneidersitz, die halbe Truthahnbrust im Mund. »Ich möchte dir etwas zeigen«, sagte er respektvoll. Ich glaube, er hielt mich für eine Art verruchten Pirat. Ich hielt ihn für einen melancholischen Dickwanst, der Piraten mochte.

»Ich weiß, die Goldreserven Bahrains, die du versteckt hältst.«

Der Perser war weich, der Stuck an der Zimmerdecke fesselte meinen Blick. MC der Dachs stupste mit der Schnauze gegen die Kordel einer Kordsamtdecke, die über das Bett geworfen war (vorsichtig jetzt, immer bereit zur Flucht.)

Auf einmal war von überall her Musik zu hören.

Johann stellte lauter und raunte düster: »Musik ist ein Geschenk, das die Menschheit nicht verdient hat.«

»Wo sind die Lautsprecher? Ich seh keine Lautsprecher.« *Möh-möh-möh.* »Himmel, sind das Klarinetten?«

Johann schlug die Partitur auf und schob sie mir unter die Nase. Die Seite war übersät mit schwarzen Punkten.

»Du hörst, wos hingeht. Hier hast du, wos herkommt«, erklärte er. »Das hier ist das stumme Ende der Klarinette.«

Ich streckte mich nach einem Seidenkissen aus und stopfte es mir unter den Kopf. »Mann, das hast du schön gesagt, Johnny. Verflucht, ich muss mich hinlegen.«

Das heiterte Johann auf. »Du liegst ja schon.« Er ließ mich mit den ärgerlichen Noten allein. Ich hörte ihn die Zwei-

Millionen-Franken-Treppe hinabknarren. Seine Stimme schallte von der Küche her: »Isst du auch was?«

Ich seufzte wieder, drehte mich auf den Bauch, beugte mich über die Musik und traf eine (halbherzige, vorübergehende) Entscheidung. Ich rief: »Wenn der Besenmann es nochmals erleben soll, dass der Kiffer was aus sich macht, dann solltest du herkommen und mir die schwarzen Punkte erklären. Und zwar sofort!«

Ich blickte auf, und da war Johann mit einer Schale Tiramisu. Dieser Mensch aß zu viel.

»Der Kringel da am Anfang der Zeile, das nennt sich Violinschlüssel«, sagte er, den Suppenlöffel beladend.

»Violinschlüssel, aha.« *Möh-möh-möh* … »Sag mal, Johnny, warum muss man Musik lesen, warum hören wir uns das nicht einfach an?«

Bald darauf fuhr ich wieder Taxi.

Im Spital, als Johann und ich am Empfang vorbeigehen wollten, hielt uns unerwartet die Schwester zurück.

Hüseyin Eryilmaz sei gestorben, sagte sie.

Eine Zeit, überfrachtet mit wunderbaren Dingen

Schorenfriedhof an einem wolkenverhangenen Donnerstag.

Das gesamte Lehrerzimmer des Würfels war in der Kapelle versammelt: Wullschleger, Frau Brunisholz, viele Unbekannte, außerdem der Rektor, Doro Apfel ... Kein Priester. Frau Brunisholz zupfte sich Staubfusel vom zimtfarbenen Anzug – eine gelungene Art, vom Hauswart Abschied zu nehmen, das muss ich zugeben. José Gonçalves, der Volkswirtschaftslehrer, an dessen Hochzeit Eryilmaz teilgenommen hatte, las eine Nachrede ab. Ich hockte auf der hintersten Bank neben Johann. Er betrachtete unablässig den Sarg und weinte lautlos vor sich hin.

Ich war schon am Morgen in der Kapelle gewesen und hatte zugeschaut, wie die Friedhofsgärtner den Sarg hineingetragen und aufgebahrt hatten. Ich hatte Eryilmaz (natürlich im Nadelstreifenanzug) die Pornopostkarten in die Brusttasche gesteckt. Ich hatte gedacht, er wäre lange genug allein da drin. Und falls er keinen Bedarf an Bildern haben sollte, könnten sich ja die Würmer einen abkneten, bevor sie ihm ins Ohr stiegen. Eine leidlich maskierte Geste der Liebe, soviel steht fest.

Ich weiß nicht, was Eryilmaz geblüht hätte in den abstinenten Jahren, die ihm von seiner kranken Leber aufgezwungen worden wären. Sicher hätte er den Besen eine geraume Zeit lang zugunsten einer Kur in die Ecke stellen müssen, und ich konnte mir gut ausdenken, was er davon hielt. Eryilmaz maß die Zukunft nicht in Zeit, sondern in Projekten (Mäusefallen, die aufgestellt werden mussten, Gymnasiasten, denen gelehrt werden musste, an der Decke zu gehen). Ganz offensichtlich ging ihm die aufgezwungene Bettruhe zu weit.

Im Spital, während der Junge mit den bandagierten Augen am offenen Fenster dem Nachmittagsverkehr gelauscht und der Dressurreiter vom Nachbarbett sorglos vor sich hin geredet hatte, hatte sich Eryilmaz aus dem Bett und auf den Flur hinaus gemüht. Dort borgte er sich von drei ambulanten Rekruten, die in der Raucherecke die Eier in ihren Hoden nachzählten, eine Fünfzigernote und schleppte sich durchs ganze Gebäude, ohne jemandem zu begegnen, der ihn aufgehalten hätte. Die fromme Schwester vom Empfang führte den Darmkrebs in den Operationssaal, und das übrige Personal lästerte im Pausenraum wahrscheinlich über die steigende Wochenarbeitszeit. Eryilmaz stieg in der Geriatrie in einen elektrischen Rollstuhl und surrte ohne weiteres Federlesen beim Empfang zur Glasschiebetür hinaus. Er rollte die Krankenhaus- und Burgstraße zum Lauitor hinunter, wartete, bis die Ampel von

Rot auf Grün umsprang, überquerte die Straße, fuhr in den China Deli hinter dem Kino Lauitor, kaufte sich im weißen Spitalhemd eine 70-cl-Flasche Reisschnaps, stürzte den Inhalt in einem einzigen glücklichen Zug hinunter und rollte hinaus auf die Straße, ohne den Farbwechsel an der Ampel und das gellende Horn des Armeetransporters mit überhitzten Bremsen zu beachten. Er starb noch auf der Notaufnahme. Das war die düstere Geschichte, die uns die gute, mitleidvolle Schwester berichtete, als Johann und ich ratlos, geschockt vor Eryilmaz' leerem Bett standen, schließlich die Postkarten, die Bücher, die Überhose, den ganzen Rest einpackten, während gleichzeitig Pferdewitze vom Nebenbett auf uns niederprasselten.

Gonçalves am Altar brachte ein paar Anekdoten von gemeinsamen Kneipentouren an, die er mit Eryilmaz in seiner Junggesellenzeit unternommen haben wollte. Johann verschmachtete auf der Bank und schien ganz weit weg, Lichtjahre entfernt.

Eine Lehrerin klimperte mit den Fingern auf ihrem Ober-schenkel, und Wullschleger schneuzte sich lustlos die Nase. Vielleicht war ein toter Türke noch nicht tot genug für einen so vitalen Mann wie Wullschleger. Ich hielt es in diesem beelendenden Raum nicht aus, verdrückte mich während eines Orgelzwischenspiels und fand mich auf dem Friedhofsgelände wieder. Am Ende der Kreuze und Steine, bei einer hohen Hecke, waren frisch ausgehobene Gräber, ein Bagger parkte an dieser Stelle, und ich hatte diesen Einfall, mich hinter dem Bagger zu verstecken und mich in eine stabile Stimmung zu kiffen, bevor all die Leute herauskommen würden, um Eryilmaz zu versenken. Ich versteckte mich nicht vor Wullschleger oder vor dem Rektor. Nicht nur. Es klingt verrückt, aber ich versteckte mich vor dem Besenmann. Er ist blind, stumm, taub und tot! Aber ich hörte seine Stimme: »So wies aussieht, spielt dein Hirn ein Doppel mit deinem Darm. Es produziert nur Scheiße.« Es kann einer noch so tot sein, seine Sprüche kriegst du nicht weg. Bestimmt verbrachte ich jenen Tag nicht auf dem Gipfel der Vernunft.

Es war ein winziger Hydraulikbagger, der bei diesem Grab parkte, ein Zwerg, aber wenn ich es richtig anstellte, wäre er die ideale Deckung für mein Vorhaben. Ich zwängte mich zwischen Grab und Ausleger durch. Ich verlor das Gleichgewicht. Ich versuchte mich am Löffel festzuhalten, aber fiel natürlich ins Grab. Man denkt eine Menge, wenn man in ein Grab stürzt. Man denkt daran, wie man sich den Schädel an einem Stein zertrümmert und sich das Rückgrat bricht. Wie man in Blut getaucht aufgefunden wird und sich die Leute – Venezuela, vielleicht Johann, sicher die Eltern – Sachen über einen zusammenreimt, die alle nicht stimmen. (Es ist wichtig, die Dinge unverklärt zu sehen.) Aber meine größte Sorge in dieser langen Sekunde des Falls war, mir nicht die Kleider mit Erde zu verschmutzen. Wenn ich eines nicht wollte, dann wie ein braunes Stück Hundekot am Grab des Hauswarts stehen. Ich weiß nicht wie, aber ich schaffte es, auf den Füßen zu landen. Ich atmete erleichtert auf, war ich doch sauber und unbesudelt geblieben. Nur die Schuhe – die steckten im Dreck. Ich hörte Eryilmaz' Stimme: »Deine Schuhe motten grauenhaft!« Danke, Besenmann. Wegen diesen Drecksschuhen würde ich noch wochenlang Schuldgefühle haben. Die Erde war feucht, das Grab vielleicht einsfünfundsiebzig tief. Ich versuchte mit ausgestreckten Armen an den Löffel des Baggers zu kommen, um mich hochzuziehen, aber ich erreichte ihn nicht. Ohne Hilfe wollte ich gar nicht erst versuchen rauszuklettern. Ich wusste, dass ich mich nur über und über schmutzig machen würde.

Bald mussten die Trauergäste aus der Kapelle herausund zu den Gräbern herüberkommen. Ich wartete. Fünf Minuten. Zehn Minuten. Ich war so deprimiert wegen der dreckigen Schuhe und allem, ich rauchte nicht einmal eine Zigarette. Dann hatte ich diesen besorgniserregenden Gedanken: Ich bin ein Grabschänder. Ein strafwürdiger Grabschänder mit Schmutz an den Schuhen. Warum war ich nicht einfach still in der Kapelle sitzen geblieben? Immer musste ich herumgeistern und irgendwas Übles herbeirufen. Meine frühe Kindheit hatte ich bestimmt nur überlebt, weil ich die ganze Zeit schlief und mich rumtragen ließ. Mein einziges Talent bestand darin auszuscheren. Links zu blinken und rechts abzubiegen. Mich selbst zu leimen. Ich wollte froh sein und glücklich, aber immer musste ich mich selbst überlisten. So richtig mit Selbstüberlistung legte ich los, als ich im Primarschulhaus im Lerchenfeld die Stromversorgung lahmlegte.

Ich war sieben. Die Lehrerin (Frau Gnägi) hatte uns Werkzeug verteilt (Zangen, Sägen, Hämmer) und nannte es Werken. Ich zeigte mich wenig begabt. Was sollte ich mit einer Säge anfangen? Am Ende der Stunde gabs im Schulhaus kein elektrisches Licht mehr.

»Da schnippelt einer an den Stromkabeln herum«, sagte Frau Gnägi mit einer zuckersüßen Stimme, die mir die Angst in die Knochen trieb.

»Irgendwer von euch spielt uns einen Streich«, sagte sie. »Los Kinder, kommt, sagt, wers ist, oder ich behalt euch alle hier.«

Balz Neuenschwander verpfiff mich. Frau Gnägi behielt mich da und ließ mich ungefähr siebenhunderttausendmal »Ich soll nicht an Kabeln schnippeln« an die Tafel schreiben. Als es dunkel wurde (wirklich dunkel), ließ sie mich laufen. Noch am gleichen Abend wurde ich von meiner Mutter erwischt, als ich mit einer Schere versuchte, das Kabel der Nähmaschine durchzuschneiden. Sie zog mich am Handgelenk hinter sich her auf mein Zimmer und sperrte mich ein. Als ich schluchzend einschlief, hätte ich an einem Tag gelernt haben können, dass dumme Streiche mit Unannehmlichkeiten verbunden waren. Ich war schon damals kein guter Lerner, denn am Tag darauf schraubte ich selbstvergessen am Sicherungskasten herum. Dafür wurde ich wieder in mein Zimmer gesperrt, wo ich mich dann die nächsten zweieinhalb Jahre mit mir selbst beschäftigte – leider ohne mich zu einem artigen Menschen zu entwickeln und mir selbst nicht mehr zu schaden.

Den Höhepunkt meiner Karriere als Selbstüberlister bildete mein Auftritt in einer Theateraufführung in einem dieser Familien-Behinderten-Camps im Kanton Appenzell Ausserrhoden – ein österliches Sing- und Schauspiel im Gemeindesaal von Urnäsch, das den elterlichen Campteilnehmern demonstrieren sollte, was für liebenswerte Gewächse sie in die Welt gesetzt hatten. Die behinderten und nicht behinderten Mädchen und Jungen hatten sich über die aus Holzelementen zusammengesteckte Bühne verteilt, einige sprachen abwechslungsweise oder im Chor die Passion Christi und andere gähnten in die schwere, brütendheiße Luft. Julian trug römische Kriegswaffen und ein Mädchen mit heraushängender Zunge trug einen Ring aus Stroh, der eine Dornenkrone darstellen sollte. Die Eltern, Betreuerinnen und wohl ein paar Primarlehrerinnen aus dem Dorf saßen schläfrig im Zuschauerraum, meine Mutter saß auf einem Klappstuhl neben meinem Vater an der Fensterfront, durch die eine unbarmherzige Aprilsonne schien – und mitten in dieser Atmosphäre allgemeinen Schlummerns begann ich mich am Ende der Bühne auszuziehen. Ich war ein neuneinhalbjähriger Junge in einem braunen Eselskostüm. Bevor mich jemand daran hindern konnte, hatte ich mich nicht nur meiner Hinterbeine und des Schweifes entledigt, sondern auch die Unterhose heruntergezogen. Eine Betreuerin in der ersten Reihe sprang auf, rief mir etwas zu, und im gleichen Augenblick ging ich in die Knie und machte mich daran, meinen Darm zu entleeren – nicht etwa, um irgendwelche akuten Magenschmerzen zu lindern, denn meine Darmentleerung hatte streng physiologisch betrachtet nichts Außergewöhnliches an sich, sondern aus irgendeiner seltsam theatralischen Absicht. Vielleicht wollte ich meine Rolle als Esel, der Jesus auf seinem Rücken nach Jerusalem getragen hatte, ausbauen, oder vielleicht wollte ich der Szene bei Pontius Pilatus einen realistischen Hintergrund verpassen. Man weiß ja wenig als Kind, hat keinen Überblick. Ich stuhlte zwei handballengroße Portionen, und bevor ich nachsetzen konnte, rissen mich zwei Betreuerinnen von der Bühne herunter in den Zuschauerraum. Die Stimmung im Gemeindesaal hatte sich erheblich verändert. Das Publikum saß elektrisiert, geniert auf den Stühlen, als hätte es sich gestattet, etwas Anrüchiges mitzuerleben. Manche versuchten die Sache mit einem Lachen abzutun. Man begleitete mich zu meinen Eltern. Mein Vater hatte die Arme auf den Fensterrahmen gestützt, den Blick starr nach draußen gewandt, und die Mutter hatte den Kopf eingerollt und in ihre Handteller vergraben, und dann stellte Vater mir die Frage, warum ich meiner Mutter das antue, und Mutter sperrte enttäuscht die Zimmertür hinter mir zu.

Wann ich gerne leben würde, wäre in einem Lebensabschnitt, wo ich keinen Anlass sähe, mich selbst zu überlisten, wo ich gar nicht erst die Energie dazu aufbrächte; ich meine eine Zeit, die so überfrachtet ist mit wunderbaren Dingen, dass ich sie unmöglich allesamt kaputtmachen kann.

Endlich strömte die Trauergesellschaft aus der Kapelle aufs Friedhofsgelände. Johann war darunter. Ich warf einen kleinen Stein in seine Richtung.

»Komm schon! Schau her!«, knurrte ich.

Johann bemerkte den Kiesel nicht. Er folgte der Trauergesellschaft und dem Sarg zu den Gräbern (muslimische Abteilung). Eryilmaz und die barbusigen Damen verschwanden in der Erde. Sieben Gräber von meinem weg. Dieselbe Straße. Die Trauergesellschaft stand in einem Kreis ums Grab, einige warfen Erde hinein, andere nicht. Johann stand in der hintersten Reihe und starrte geradeaus.

Ich flüsterte: »He, Johnny!«

Er musste mich gehört haben. Durch einen Schleier von Tränen sah er mich an.

»Hol mich hier raus!«, zischte ich.

Er kam langsam heran und reichte mir geistesabwesend eine hilfreiche Hand. Ich kletterte aus dem Grab. (Letztlich war Rauskommen etwa gleich schwer wie Reinfallen.)

Ich drückte ihm den Ellbogen. »Vielen Dank, Johnny.«

Er erwiderte nichts. Er sagte an diesem Tag kein Wort. Er befand sich in einer Art Entrücktheit.

Ich stapfte mit meinen beiden pfundschweren Erdklumpen an den Füßen zum Grab.

Wullschleger blickte mich an und seufzte. Ich bückte mich und entfernte sorgfältig feuchte Erdkrumen von den Hosenaufschlägen, dann streckte ich mich. Ich fühlte mich abscheulich, und während sich die Leute nach und nach verliefen, blieben Johann und ich allein und stumm am

Grab zurück, wir starrten in dieses Loch, wo ein Sarg drin war und ein feiner Kerl mit einem verfluchten Kern aus Gold.

Plötzlich war alles traurig. Schrecklich traurig.

Ich murmelte: »Viel Glück, Besenmann – dort, wo Sie hingehen.«

Am Rand des Universums

Das Wochenende verschlief ich, und am späten Montagmorgen packte ich Kleider, Wirtschaftsbücher und MC den Dachs in eine Sporttasche. Auf einen Zettel schrieb ich »dreitägige Geologie-Exkursion im Jura« und pappte ihn ans Telefon. Dann ging ich den Aare-Fluss entlang zum Bahnhof, stieg in den Regionalzug, wechselte in Spiez die Himmelsrichtung, fuhr das Simmental hoch ins Berner Oberland (eine Art Nepal, wo kein Quadratmeter ebenen Bodens zu finden ist), stieg in Weissenbach aus und folgte dem Kiesweg zu Julians geschützter Werkstatt.

Ich musste für ein paar Tage verschwinden. Trotz Englisch, Wirtschaft und musikalischen Löchern. Ich war nicht auf Trauer aus, ich war ein fröhliches Wesen, und das Gymnasium erwies sich in dieser Hinsicht als unerträglich bedrückend. Der überraschende Tod des Hauswarts hatte einen wahren Sturm von Klassenzimmerdiskussionen und Pausengesprächen über Tod, Sterben und den ganzen Morgen-fährt-dich-die-Müllabfuhr-über-den-Haufen-Mist ausgelöst. Es war furchtbar. Jeder glaubte, eines Tages sterben zu müssen. Ich mochte davon nichts hören. Man steckt das weg, um atmen zu können, man will doch atmen. Der Tod (ein mucksmäuschenstilles Loch am Rand des Universums) braucht das Leben nicht aufzufressen. Ich mochte nicht mit Peggy und den Terzis am Kaffeeautomaten beratschlagen, ob es schöner ist, vor dem Kühler eines Lastwagens oder in einer Rehabilitationsklinik in Einsiedeln zu sterben. Ich wollte keine Diashow vom Psychologen des schulpsychologischen Dienstes zum Thema Alkohol sehen (die für Mittwoch in der Aula angesagt worden war). Richtig rasend machten mich die Amateur-Philosophen beim Froschteich, die sagten, wenn jemand sterbe, sei das gut, weil andere nachrutschen könnten; und verfaulen sei auch gut, weil auf dem Grab Blumen wüchscn (Osterglöckchen und Vergissmeinnicht bei den Sentimentalen), und das alles bedeute, dass das Leben weiterginge – denn das ist die Hauptsache, kein schlechtes Gewissen haben zu müssen, etwa noch den Platz besetzt gehalten zu haben, das wäre ganz und gar unfair, selbst wurde man ja auch nicht verhütet. Ich war gern bereit, jedem, der sich in dieser Weise den Tod zum Freund machen wollte, Rambo Riedel auf den Hals zu hetzen.

Weissenbach Dorf. Ich marschierte zur geschützten Werkstatt (einem umfunktionierten Bauernhof, zehn Minuten vom Bahnhof entfernt). Friede und Kirchenglocken, die den Mittag einläuteten. Steil ansteigende, saftgrüne Matten, Duft von Kräutern und warmem Heu. Harz- und Maschinengeruch vom Sägewerk her. An der Einfahrt zur Werkstatt sah ich eine unbewaffnete Politesse, die sich das

Nummernschild eines englischen Sportwagens notierte, der auf einem werkstattreservierten Parkplatz stand. (Der Tourist stand daneben und sprach empört auf die Politesse ein.) Die spindeldürre, slowenische Heilpädagogin und Heimleiterin stellte gehäckselte Holzabfälle aus der Werkstatt für die Grünabfuhr auf die Straße. Wir schüttelten uns die Hand und wechselten ein paar Worte. »Blaues Horn. Julian tippt sich an den Kopf, und er hat ein blaues Horn. Er ist drüben im Boot. Halten Sie ihn nicht auf; er muss noch ein Leitwerk auf ein Segelflugzeug montieren.«

Ich ging zum Wohntrakt (dem »Boot«). Julians Zimmertür stand offen (wo ich hinkomme: offene Türen), aber er bemerkte mich nicht. Er war zu beschäftigt. Er bewegte sich stampfend hin und her und lebte seine raumpflegerische Ader aus. Wenn Julian sich die Mittagszeit vertreiben wollte, stellte er sein Zimmer um. Ich beobachtete, wie er den Storchschnabel zum Fensterbrett trug und die Gloxinien aufs Bücherregal stellte. Dort kamen auch die Ostblock-Panzer hin, und die übrigen Modelle vergrub er unterm Kajütenbett. Sein Hamster hüpfte verängstigt die Scheuerleisten entlang.

Ich klopfte an die offene Tür, und wir umarmten uns. Julian hatte ein Wiedersehen mit MC dem Dachs, und dieser schloss Bekanntschaft mit seinem Hamster. Ich warf die Sporttasche aufs obere Kajütenbett und steckte mir eine Tüte an.

»Ich auch paff!« sagte Julian.

Einer der guten Züge von ihm war, dass er einen nie

fragte, *warum* man bei ihm vorbeischaute. Man war einfach da oder nicht da. Wie Regen oder Nacht.

»Nein, Bruderherz, das kannst du nicht verkraften.«

Julian machte ein beleidigtes Gesicht und teilte Haferbiskuits unter den Tieren auf, ohne mich zu berücksichtigen.

Ich kiffte und wippte mit dem Kopf im Takt eines polternden, dumpfen deutschen Schlagers aus einem benachbarten Zimmer, aber mit leidenschaftslosen, automatischen Bewegungen.

Julian streichelte MC den Dachs. »Hey Scheiß«, sagte er innig, »du Schwanzlutsch!«

Wo er das wieder herhatte? Aus der Werkstatt? Von den Burschen im Dorf? Wieder beobachtete ich meinen Bruder. Früher war er einmal süß gewesen, vielleicht sogar hübsch, bevor er die Süßigkeiten entdeckte und sich damit aufblies. Jetzt war er so schwer wie ich, obwohl mindestens zwei Köpfe kürzer. Unter dem Metallica-T-Shirt wabbelte das Fett. Ich überlegte, wie Julian als Mädchen wirken würde, und ich merkte, dass er mir unsympathisch zu werden begann, mein eigener Bruder – ich nahm mir das sehr übel.

Die Musik aus dem andern Zimmer war jetzt besser, eine Frauenstimme. Ich sehnte mich nach Trost, nach irgendeinem Beweis, dass die Menschen einander nicht gleichgültig waren.

Natürlich gab es Beweise.

Im Herbst vor einem Jahr wurde Julian ausgezählt, und

zwar von einem breiten Rekrut mit Bürstenschnitt und Sonnenbrille. Er wartete an der Bushaltestelle der Kaserne. Als Julian und ich zufällig vorbeischlenderten, schlug der Rekrut den Waffenrock über die Schulter, und die Brieftasche rutschte aus der Tasche und fiel zu Boden. Julian hob sie auf und reichte sie ihm.

»Danke schön, Mongo-Billy!« höhnte der Rekrut.

Ich hatte keine Ahnung, wie ich auf die Bemerkung reagieren sollte. Aber meine Haut wurde heiß. Ich war drauf und dran, ihm an die Gurgel zu springen.

»Ich hoffe, du wirst im nächsten Krieg erschossen!«, schrie ich.

Zurück im Lerchenfeld fragte Julian Venezuela, was Mongo-Billy bedeute.

Sie stemmte die Hände in die Hüften. »Wer hat das gesagt?«

Wir bildeten eine Bande: Venezuela, Julian und ich. Unsere Gegner waren Rekruten, und wir bombardierten sie an der Bushaltestelle der Kaserne mit Rosskastanien. Venezuela nannte es *Zeichen setzen*.

Julian kraulte noch immer MCs schwarzweiß gestreiftes Fell. Jetzt tat es mir leid, dass ich ihn abgeputzt hatte.

»Du darfst einen Zug probieren, wenn du magst«, sagte ich.

Er sah mich an, erstaunt, skeptisch.

»Ja, wirklich.« Ich versuchte zu lächeln. Ich fühlte mich ganz und gar nicht sattelfest.

Julian zog das Gras herunter und verkniff sich ein Husten.

»Wunder!« Er drehte sich zu mir um. »Franz«, sagte er. »Was los?«

Ich strich mir rasch mit dem Handrücken über die Wange.

»Mit mir ist gar nichts los«, sagte ich.

Der Korbflecht-Wettbewerb

Am Nachmittag arbeitete Julian in der Werkstatt. Ich ging
ziellos, gedankenabwesend im Simmental umher, latschte
missmutig, die Hände in den Hosentaschen vergraben,
Hänge auf und ab, grüßte einsilbig Bauern, die mich zuerst
gegrüßt hatten, köpfte Pilze mit Fußtritten und trat MC
dem Dachs mehrmals auf die Pfoten, ohne mich zu entschuldigen. Ich beschimpfte ihn sogar, nannte ihn einen
nutzlosen Streuner und machte den gehässigen Vorschlag,
er solle sich ein Geschirr überziehen und als Blindenhund
im Leben vorankommen. Ich betrachtete gleichgültig die
Borkenkäferschäden an den spärlichen Tannen, fühlte ein-
zig Wehmut und Mitleid mit mir selbst, trank Wasser aus
einem Weidetümpel und spürte den dunklen Drang, irgendeine Kuh abzustechen oder eine Scheune niederzu-
brennen.

Ich vermisste Eryilmaz. Das war alles.

Einen Menschen, mit dem ich nichts gemeinsam gehabt
hatte, mit dem ich nicht einmal per du gewesen war.

Gegen Abend, zurück im »Boot«, starrte ich leeren Sinns
aus dem Fenster von Julians Zimmer, betrachtete die

beschatteten Berge, sah die Subarus vom Sägewerk wegfahren, sah einen Betreuer mit dem Volvo-Stationswagen
wegfahren, sah den Kurzhaarschnitt der Heilpädagogin
in Richtung Esssaal huschen … Ein kühler Luftzug pfiff
durch den Spalt des verzogenen Fensters und streifte mich
leicht wie ein Grashalm, und ich musste an ein Sprichwort
denken, das ich in der *Geografie Afrikas* gelesen hatte, eine
Redensart von viehzüchtenden Ashanti in der Savanne:
Dass Antilopen nebeneinander liefen, um sich gegenseitig
den Sand aus den Augen zu pusten. Es gab nicht viele Antilopen in meinem Leben. Julian war bestimmt eine, wenn
er mir nicht gerade Rosa-Saxophon-Polohemden an den
Kopf warf. Venezuela war eine. Wahrscheinlich ergriff sie
in diesem Moment irgendwelche Maßnahmen zur Wohl-
fahrt der Menschheit (entschärfte einen Blindgänger im
Kandergrienwald oder schrieb einen gepfefferten Brief an
den chinesischen Innenminister betreffs der Menschen-
rechtslage in Tibet). Eryilmaz hatte sich aus dem Antilopen-
geschäft zurückgezogen – und die nagende Frage lautete,
wer hier *wem* hätte den Sand aus den Augen pusten müssen.

Um meinen trostlosen Empfindungen zu entkommen,
beschwatzte ich die heimleitende Heilpädagogin beim gemeinsamen Abendessen im Esssaal der Werkstatt, einen
Korbflecht-Wettbewerb zu veranstalten. Als Hauptpreis
sollte eine Eisenbahnfahrt zweiter Klasse winken, Hin- und
Rückfahrt, von Weissenbach nach Romanshorn (dem nord-
östlichen Zipfel der Schweiz). Begleitet würde der von der
Arbeit in der Werkstatt kurzerhand freigestellte Gewinner

oder die Gewinnerin von mir, da ich als Gymnasiast –
wie ich der Heilpädagogin versicherte – kommunikative
und soziale Fähigkeiten auswies, und außerdem hatte ich
an einigen Pfingstbummeln der Jungwacht teilgenommen
(zuletzt vor vierzehn Jahren). Nach kurzem Bedenken des
zeitlichen und finanziellen Aufwands erklärte sich die Heilpädagogin einverstanden, und den ganzen Dienstag über
wurde eifrig geflochten.

Ich sorgte dafür, dass Julian den Wettbewerb gewann,
und Julian sorgte dafür, dass auch Beat und Antoinette
gewannen.

Die Hinfahrt nach Romanshorn am folgenden Mittwoch
erwies sich als nette beschauliche Reise. Ich unternahm
einen uninspirierten Versuch, aus den mitgeschleppten
Wirtschaftsbüchern eine sinnhafte Botschaft herauszu-
lesen (meine Lernleistung an diesen Tagen entsprach nicht
meinen Aspirationen), und Antoinette benutzte leiden-
schaftlich die Farbstifte aus ihrem Reiserucksack und
malte Flamingos, Palmen und etwas, das wie das Genfer
Reformationsdenkmal aussah, ans Zugfenster. Antoinette
war achtzehn und hatte einen Sparren zu viel. In der Sow-
jetunion hätte man sie – nach den haarsträubenden Geschichten zu urteilen, die meine Eltern über die Kom-
munisten erzählt hatten – in eine Zwangsjacke verschnürt
und sie auf einem gefrorenen Rübenacker ausgesetzt, wo sie
für den Rest ihres Lebens hätte im Kreis rennen können.
Beat starrte auf Antoinettes Gekritzel und Julian nölte auf

dem Sitz herum. Beat war ein dreißigjähriger, mehr oder weniger taubstummer Mann, der die Augen immer weit aufriss und alles anstaunte, was ihm vor die Brille kam. Julian hielt ihm die ganze Zeit über die Hand.

Nach einem Hamburger am Bodensee rief ich die Heilpädagogin in Weissenbach an, um ein klares Alles-in-Ordnung zu melden. Dann kaufte ich Pfefferminzkaugummis und setzte Antoinette, Beat und Julian auf eine Bank, ging aufs Bahnhofsklo, um einen kleinen privaten Auftrag durchzugeben, stieg munter die Treppe zum Bahnsteig 7 hoch, sah mich nach meinen Schützlingen um und entdeckte sie in einem Regionalzug auf Gleis 9, winkend, grinsend (Antoinette pappte die Zunge an die Scheibe) von dannen fahren.

Der Zug führte die Gesellschaft weg vom Bodensee durch das Rheintal, und ich hoffte, sie erfreuten sich an der Aussicht auf das Schloss Arbon, die Kirchtürme und Hausfassaden von Rorschach, St. Margrethen und Altstätten – denn ich erfreute mich nicht. Schmach und Elend, wo waren ihre Grenzen? Ich verwünschte den Tag, an dem mein Vater in purer Weibstollheit zu meiner Mutter aufrückte, um ein zweites Kind zu zeugen. Ich wetterte, klagte, litt und schwor mir bei allen Schutzheiligen der Jungwacht, dass es das letzte Mal gewesen sei, dass ich Antoinette, Beat, meinem Bruder oder irgendwelchen Gewinnern irgendwelcher Korbflecht-Wettbewerbe den Bodensee gezeigt hatte, dass ich, wenn dieser Tag ausgestanden wäre, einen Stacheldrahtzaun um Thun ziehen, einen Schützengraben ausheben und jeden totschießen würde, der mich holen und in die Ostschweiz treiben wollte. Lieber stürzte ich mich mit einem Stein um den Hals in die Aare, als dass ich mich noch einmal für eine solche Reise zur Verfügung stellte.

Ich fuhr den Ausreißern im nachfolgenden Zug nach, und als ich in Buchs ausstieg und die drei beratschlagen hörte, ob sie nach Hause fahren oder den Postautobus nach Liechtenstein nehmen sollten, sagte ich zornig, allen kommunikativen und sozialen Fähigkeiten zum Trotz: »Verflucht, was ist denn das für ein Benehmen?!«

Den Konstrukteur unseres hoffnungslosen Planeten denke ich mir als einen teils gemütlichen, teils grausamen greisen Mann: gemütlich, wenn ihm einer den Bart krault, grausam in allen übrigen Lebenslagen. Er trägt eine fünf Dioptrien zu schwache Brille und spielt Meeresvögeln, Amazonasindianern und Gymnasiasten niedrige Streiche. Er ist Amerikaner und heißt natürlich Gott.

Johann steigt aus

Ein schlimmer Traum: der Rausschmiss. Wenn man aus dem Gymnasium geschmissen wurde, hieß das: Arbeit in einer Eisengießerei, Kantinenfraß mit Schmutzstreifen im Gesicht und sieben Fingern, drei Jahre Zuchthaus für einen Joint. Und nach meinen wenig erbaulichen Aufenthalten im Regionalspital, im Simmental und in Romanshorn steckte ich in einer Situation, in der ein Rausschmiss nicht mehr auszuschließen war: Es verblieben mir sechs knappe Tage bis zum letzten großen Englischtest, drei Tage bis zum letzten Volkswirtschaftstest und eine Nacht bis zur Gershwin-Analyse in Musik, und meine Resultate mussten nicht nur gut sein, sie mussten *außerordentlich* sein. Natürlich klügelte ich einen Plan aus. Ein Teil des Plans baute auf der Hoffnung auf, dass sich mit einem tüchtigen Spurt aufholen lasse, wozu ein gewöhnlicher Mensch Wochen brauchte, und der zweite Teil lautete, Johann zu vertrauen.

Kühner Plan.

Das Tor zur Villa sprang auf. Als ich mir die Filzpantoffeln übergestreift hatte, stieg ich die Treppe zu Johanns Gemach hoch.

Die Tür war zugeworfen.

»Johnny, ich bins.« Keine Antwort. Ich schlug mit der Faust dagegen. Wieder nichts. Vielleicht war er nicht auf seinem Zimmer. Ich blickte durchs Schlüsselloch. Ich sah allerlei Esswaren herumliegen: eine ganze Schweinshaxe, schüsselweise Fruchtsalat. Ich machte mich auf Ärger gefasst und öffnete.

»O Scheiße!«, entfuhr es mir.

Mein Nachhilfelehrer lag auf dem Orientteppich. Seine Augen blickten leer, verzweifelt. Er war über und über vollgekotzt. Überall klebte Erbrochenes: an seinem Gesicht, seinem Hals – der Perser war gesprenkelt. Ich hielt die Luft an.

In der Tür tauchte Johanns Mutter auf.

»Johann! Dio mio! Was ist mit dir?« Sie war aufgemotzt bis zum Ohrläppchen. Ihre Stirn und Wangen zierte eine algengrüne Paste. Der Aufruhr musste sie dabei gestört haben, ein paar Falten aus dem Gesicht zu saugen.

»Er hat sich überfressen«, erklärte ich, über Johanns Leib gebückt.

Sie ertrug den Gestank nicht. Sie würgte auf ihre Damenschuhe. In dieser Villa wurde zu viel gekotzt, das steht fest. Ich lief ins Badezimmer, kam mit einem Handtuch zurück und wischte Johann das Gesicht ab.

»Das Essen ist verdorben! Der Koch! Ich werde ihm kündigen!«, schrie Johanns Mutter und rannte weg.

Zuerst solle sie ihn raufschicken, rief ich ihr nach.

Als der Koch erschien, machte Johann eine lächerliche Handbewegung. »Lasst nur. Ich bin wohlauf.«

»Das hätte Eryilmaz auch behauptet«, erwiderte ich. »Vor einer Woche warst du an seinem Begräbnis.«

»Es ist meine Schuld«, sagte er mit einer Stimme, die einem das Herz brach (keine bloße Phrase), »ganz meine Schuld, dass er tot ist.«

Der Koch half mir, Johann auf die Beine zu zerren und ihn unter die Dusche zu stellen.

Worauf unsere Anstrengungen hinausliefen, war eine Übersiedlung von Johann ins Lerchenfeld. Zu Hause würde ich ihn im Auge behalten können. Der arme Kerl war einfach ein weiteres liebesbedürftiges Wesen in einer gleichgültigen Welt.

»Wir werden uns was einfallen lassen, Sultan«, versprach ich.

Task Force

Nach der verhauenen Gershwin-Analyse im Musiksaal
zog ich mich in die Bibliothek zurück, stopfte mir Wachs
in die Ohren und untersuchte, was zu untersuchen war –
darunter die Ideen eines Rektors der Universität Glasgow
aus dem achtzehnten Jahrhundert, der mir erzählte, warum
in einer Stecknadelfabrik ein Arbeiter den Draht ziehe, ein
anderer diesen glätte, ein dritter den Draht schneide, ein
vierter ihn spitze, ein fünfter den Kopf schleife usw., weil
es die Fabrik auf diese Weise pro Tag auf erstaunliche zwölf
Pfund Stecknadeln bringen würde oder achtundvierzig-
tausend Stück – ein Tausendfaches der Menge, die ein Arbeiter allein herstellen könne. (Ich fragte mich, was Schott-
land mit all den Stecknadeln vorhatte.) Es war so packend,
wies nur die Überlieferung historischer Arbeitsabläufe sein
kann, und purer Missmut trieb mich dazu, meinen Ehrgeiz
auf den letzten Englischtest des Semesters zu setzen.

Rambo Riedel und ich – in der Not vereint – bildeten
erst eine Lerngruppe, schließlich – als die Lerngruppe unsere Englischkenntnisse nicht wesentlich vertiefte – eine
Task Force, die der Frage nachging, mit welcher Strategie

unserem hartnäckigsten Gegner im Würfel beizukommen wäre.

»Nein, Rambo, das machen wir nicht«, wies ich Riedels Vorhaben ab, ins Lehrerzimmer zu spazieren, Wullschleger den Lauf einer abgesägten Schrotflinte zwischen die Augen zu halten, eine Sechs aufs Testblatt notiert zu bekommen und durch die Tür zu verschwinden, durch die wir hineingekommen waren.

»Diese Methode«, beschwerte sich Riedel, »soll aber schon erfolgreich angewendet worden sein.«

»Wo? In Los Angeles?«

Riedel und ich strichen sorgenvoll die Außenwände des Würfels entlang, kamen am Holunder, am Froschteich, am Westeingang vorbei und erreichten schließlich den gepflasterten Pausenhof, wo uns Peggy und die Terzis vom Wettbüro aus einiger Entfernung beobachteten. Ich nehme nicht an, dass noch jemand sein Taschengeld auf uns setzte.

Wir blieben stehen. Riedel äußerte den Vorschlag, einen Tunnel in Wullschlegers Wohnung zu graben und das Antwortblatt zu stehlen.

»Wie lange würden wir wohl dazu brauchen, was schätzt du?« fragte er.

»Um einen Tunnel zu graben? Ich weiß nicht.«

»Na, tipp mal.«

»Weiß nicht. Achteinhalb Jahre?«

»Mann, in achteinhalb Jahren grab ich dir ein Loch von hier nach Portugal.« Er kam ins Grübeln. »Ich kenn gar niemand in Portugal.«

(Riedel besaß einen ungewöhnlich klaren Verstand für einen Eishockeyspieler.)

»Hör mal, Rambo, mir ist egal, wie wir den Test bestehen, Hauptsache wir bestehen ihn. Wir werden keinen Tunnel graben, so viel Zeit haben wir nicht. Außerdem wohnt Wullschleger unter dem Dach, um besser an die Blitze ranzukommen«, sagte ich. »Buddeln nützt da nichts. Wir bräuchten Fallschirme.«

Riedel packte mich an der Gurgel. »In ein Flugzeug kriegst du mich nicht! Nicht in zehnmal zwanzig Millionen Jahren kriegst du mich in so'n Ding rein!«

»Bitte, Rambo«, keuchte ich. »War nur eine Idee.«

»Eine Scheißidee von einer Idee, das ists, Latte.« Er ließ mich los. Riedel nannte mich manchmal Latte. (Eine Latte ist ein schwaches Vierkantholz.)

»Wenns dir nichts ausmacht«, sagte ich vorsichtig, »ich hab gleich noch eine.«

»Eine was?«

»Eine Idee.« Wir würden uns hinsetzen, wo wir uns immer hinsetzten, dann würden wir so tun, als ob wir das Testblatt ausfüllten, und wenn uns Wullschleger den Rücken zukehrte oder im Klassenbuch blätterte, würden wir unsere Hälse zu den Mädchen strecken. »Wir machens so, wie wirs immer gemacht haben. Wir schreiben wie eine Druckerei ab. Müsste das nicht klappen?«

Riedel schien nicht begeistert. »Warum machen wir nicht blau, wie wirs noch öfter gemacht haben, und später klopfen wir beim Rektor und halten einer Geisel ein Schnappmesser an die Kehle, bis er die Promotionverweigert-Stempel von unseren Zeugnissen gekratzt hat?«

»Rambo, du verbringst zu viel Zeit allein.«

»Haben wir nicht beschlossen, den Test zu bestehen?«

»Mit allen Mitteln«, sagte ich, »aber eine Geisel nehmen, das bringt nichts. Der Rektor lässt sich nicht erweichen.«

Ich spielte damit auf die vielen Gerüchte an, die über den Rektor kursierten. Gleich als er gewählt wurde (86 oder 87, noch vor meinem Eintritt), soll er sich darüber gewundert haben, dass die Bezügerinnen und Bezüger von Invalidenrenten am Gymnasium vom Sportunterricht dispensiert worden waren. Er habe die Stirn gehabt zu fordern, dass der Sportunterricht wie jedes Pflichtfach behandelt und also von jedermann bestritten werden müsse. Der querschnittgelähmte Gymnasiast Q aus Heinz Wegenasts Klasse sei daraufhin im Büro des Rektors erschienen, um diesem seine physischen Möglichkeiten auseinanderzusetzen. Der Rektor habe getan, als sei er nicht anwesend: Er habe sich die Hände vor die Augen gehalten und die Daumen in die Ohren gesteckt. Das habe Q die Sprache verschlagen, und resigniert sei er aus dem Büro gerollt. Fest steht, dass Q die folgenden Jahre bis zu seiner Matura den Sportunterricht wie alle anderen Burschen seiner Klasse besuchte und ihnen tatenlos vom Spielfeldrand aus beim Fußballspiel zusah.

Wie würde der Rektor auf Rambo Riedel reagieren, wenn dieser mit einem Messer in der einen und dem Schopf von Frau Brunisholz in der anderen Hand Zugang zu den Zeugnissen verlangte? Würde er sich auch die Augen zudecken?

Riedel erkannte die Schwächen seines Plans. »Dann eben zurück zur Tradition.«

Abschreiben, kam die Task Force zum Schluss, sei für einen Gymnasiasten immer noch die effektivste Methode zur Leistungssteigerung.

Wullschleger hält eine Rede

Was heißt schäbig?«, flüsterte Riedel.

»Versuchs mit tatty«, flüsterte ich zurück. »Wo kommt das Komma hin?«

»Fashion Komma we«, flüsterte Mädchen F neben mir.

Während wir übersetzten, wankte Wullschleger mit schiefem Schritt – ein Bein war kürzer als das andere – umher und brabbelte apathisch vor sich hin: »For I soon stopped on the crest of a rise where I could survey …«

Ich flüsterte: »Und nach rain? Lay oder lie?«

»Lie«, flüsterte Mädchen F.

Wullschleger ging schwerfällig auf und ab. »… the camp-site of the surrounding country. And I made this curious observation …«

»Hauptwaschgang?« fragte Riedel.

Behutsam, unauffällig, lautlos zog ich den Langenscheidt unter dem Pult hervor und wollte gerade Hauptwaschgang nachschlagen, da spürte ich lauwarmen Atem am Ohr.

Ich erstarrte.

»Franz, wie lange sind Sie nun schon hier?«, raunte Wullschleger in meinen Nacken.

Meine Gegenfrage »Sie meinen im Würfel?« klang

nicht unbekümmert genug, um die Atmosphäre aufzu-
lockern.

»Ja, Franz Obrist …« Wullschleger dehnte jedes Wort,
während er mit königlicher Herablassung den Langenscheidt von meinen Knien hob und ihn aufs Pult legte, »hier
im Würfel.«

»Mein sechstes Jahr.«

Wullschleger seufzte wieder. »Sie sind seit sechs Jahren
im Gymnasium und kennen die Regeln nicht.« Er seufzte
und seufzte. »Sehen Sie mich an, Franz.« Ich sah ihn an
und setzte diesen zerknirschten Blick auf, der sagte: Sie
sind so langweilig, Wullschleger, es ist ein Wunder, dass Sie
nicht tot zusammenbrechen. Wenn Ihr Herz nur die Hälfte
von dem wüsste, was Ihnen so durch den Schädel wabert,
es würde sich auf der Stelle zur Transplantation freigeben.
Ehrlich, so niederträchtige Blicke hatte ich drauf, wenn ich
jemanden nicht mochte. Dann sah mir Wullschleger dabei
zu, wie ich eine Zigarette hervorholte und sie mir hinters
Ohr steckte.

Er schlug einen unangenehmen Ton an. »Franz, folgen
Sie mir.«

Ich folgte ihm zum Lehrerpult. Die Klasse übersetzte
tapfer weiter.

»Ich werde Ihnen jetzt eine kleine Rede halten«, sagte
er langsam. »Es wird Ihnen allerdings keine Freude
machen.«

Ich stellte mich so vor Wullschleger hin, dass ich ihm die
Sicht auf Riedel versperrte. Riedel würde Mädchen F die

vollgeschriebenen Blätter unter der Hand wegreißen und sie hastig abschreiben können.

»Es fängt an, mühsam zu werden«, fing Wullschleger an. »Es fängt an, Energie zu kosten. Verstehen Sie, Franz? Ich bin einfach ein Lehrer, der auf junge Gesichter einredet und in Tintenklecksen nach Fehlern sucht, wie es das die anderen erwachsenen Menschen in diesem Gebäude auch tun. Wir verlangen gar nicht, dass Sie uns mögen, Franz. Wir verlangen nicht mal, dass Sie was von uns lernen. Wir sind selber vollauf damit beschäftigt, uns von allen möglichen Leuten was beibringen zu lassen, von den Damen und Herren der Erziehungsdirektion, der Schulkommission, von misstrauischen Eltern und allen anderen, die uns ein wenig auf ihre Linie bringen wollen. Nun, wir beklagen uns nicht. Kein Mensch hat uns jemals klagen gehört. Aber es ist erstaunlich, dass immer gerade dann, wenn man sich wieder mal damit abgefunden hat, dem Leben nicht viel mehr abzugewinnen als ein quakender Frosch, auf dem jeder gern rumtrampelt, dass dann Leute wie Sie auftauchen, um uns ein wenig zu beschäftigen und uns noch glücklicher zu machen.« Er machte eine Pause und sah mich lange lange lange an. Dann fuhr er fort: »Sie müssen auch noch auftauchen. Burschen, die sich im Klassenzimmer von ihren Wachstumsschüben ausruhen und sich am Semesterende kurz aufraffen und alles zusammenstehlen, was sie benötigen, um sich eine Klasse höher tragen zu lassen. Einer wie Sie, der aus Wörterbüchern abschreibt, einem aufmüpfige Blicke zuwirft und sich Zigaretten hinters Ohr steckt. Franz, darf ich mich in Ihrer

Sprache ausdrücken? Sie kümmern mich jetzt weniger als eine feuchte Blindschleiche auf dem Mond. Ich kanns nicht erwarten, Sie rauszuhaben.«

Er wartete keine Erwiderung ab, sondern öffnete seine Unterlagen und zeigte mit dem Finger auf irgendwelche Zeichen und Zahlen. Ich lehnte mich vor und schielte über meinen Rücken zu Riedel. Er hielt seinen Kopf ganz dicht über den Blättern und schrieb wie besessen.

»Sehen Sie die Zahlen hier in dieser Kolonne? Diese Zahlen sind die Früchte Ihrer Leistung. Und heute gibts noch ein verschrumpeltes Früchtchen.«

Er registrierte bedächtig eine Eins in die Kolonne und hüstelte belustigt. »Sie haben von Englisch etwa so viel Ahnung, dass einem steinübel wird davon.« Er wandte sich an die Klasse. »Ladies and Gentlemen, bitte beenden Sie den angefangenen Satz.«

Ich hörte Riedel an seinem Pult Geräusche von sich geben wie jemand, der unter die eiskalte Dusche steigt und keuchend nach Luft schnappt.

»Das hat überhaupt nichts zu bedeuten«, sagte ich zu Wullschleger und deutete auf seine Unterlagen.

»Was soll das heißen?«, fragte er desinteressiert.

»Das soll heißen, dass hier zufällig jemand mit einem Kugelschreiber vorbeikam und eine Eins aufgemalt hat.«

Er seufzte betrübt und begann die Blätter einzusammeln. »Franz, Sie scheinen nicht zu verstehen … Bitte legen Sie das Schreibzeug weg, Anton.«

Riedel grunzte zufrieden und erschöpft.

Ohne mich anzusehen fuhr Wullschleger fort: »Franz, ich wäre Ihnen dankbar, wenn Sie das Zimmer, den Würfel, von mir aus die Stadt jetzt verlassen würden.«

Es traf mich wie ein Fausthieb. Ich rührte mich nicht. Ich hätte mich nicht rühren können.

»Sie können mich nicht einfach rauswerfen«, hörte ich mich sagen.

Wullschleger wandte sich um. »Doch, doch, Franz, ich kann. Das Leben ist schön.«

Ich stand wie festgefroren. »Sie können mich nicht …«

»Leben Sie wohl, Franz, leben Sie wohl.«

Ich bewegte meine Beine. Ich ging aus der Tür. Ich watete durch den Würfel wie durch Blut.

Die wichtigste Mahlzeit des Tages

Ich verlor die Orientierung – in allen erdenklichen Bedeutungen des Worts. Ich radelte stundenlang durch die nichtssagendsten Gassen und Straßen: den Fasanenweg im Talacker, die Merkurstraße im Schwäbis oder den Pannenstreifen der Autobahn entlang bis zur Ausfahrt Thun-Süd. Ich fand mich mitten am Nachmittag im Kino wieder, sprang vollbekleidet in die Aare und tauchte todesverächtlich unter der halboffenen Schleuse durch.

Dann erlebte es mein Vater zweimal nacheinander, als er am Mittag nach Hause kam, dass ich im Wohnzimmer den Stellenmarkt der Berner Zeitung studierte.

»Diese Stellen sind alle so verdammt mies«, sagte ich trübsinnig.

»Was meinst du?«, fragte er und drehte das Radio in der Wohnwand auf. Ich wiederholte, was ich gesagt hatte.

Er nickte, platzierte sich auf der Ledercouch, folgte angestrengt den Radionachrichten und stellte irgendwelche hirnverbrannten Verbindungen zu seinem Alltag in der Steuerbuchhaltung einer Treuhandgesellschaft am Waisenhausplatz her.

Mutter saß im Wintergarten neben Johann und studierte

die Ratgeberecken in der *Schweizer Familie* und im *Beobachter*. Sie unterstrich alle Stellen, von denen sie glaubte, sie würden ihrem Mann und den Söhnen helfen, ihre Probleme in den Griff zu bekommen. Im Ofen steckte eine Gemüselasagne.

»Du suchst einen Ferienjob, richtig?«, rief Mutter ins Wohnzimmer und feuchtete die Fingerspitze an, bereit zum Umblättern. »Frag im Frohsinn oder im Bahnhofbuffet – die suchen immer Aushilfskellner.«

»Ich suche keinen Ferienjob«, knurrte ich. »Ich suche eine Festanstellung.«

Sie blätterte – eine Seite, zwei Seiten, drei –, dann legte sie die Zeitschrift weg und sah mich ungläubig an. »Du bist doch nicht etwa von der Schule geflogen?«

»Doch.«

Sie sprang auf die Beine. »Jesus Christus, Franz!«

»Himmel Arsch, Mutter!«

»Oh, du brauchst Muttchen nicht anzuschreien!«, schaltete sich Vater ein.

Sie nannten einander Muttchen und Väterchen und Papa und Mama, es war furchtbar.

»Lass ihn mich ruhig anschreien, Papa. Ich bin lediglich hier, um das Haus sauber zu halten. Wenn mich jemand anschreien will, stehe ich zur Verfügung.« Sie schlug sich gegen die Brust und drückte ein paar Tränen heraus.

Vater zwängte sich aus der Couch und stellte das Radio leiser. »Was hat Franz angestellt?«

Mutter drehte sich diskret weinend zu Johann, der im

Korbstuhl dahinvegetierte, teilnahmslos auf den Rasen stierte, die Arme unbequem über die Korblehnen hängen ließ. Ich hatte den Eltern erzählt, woher er stammte (vom Oberhofener Goldstrand), was er vollbrachte (Sechsen, nochmals Sechsen und Schostakowitsch auf dem Konzertflügel), woran er litt (Schuldgefühle) und warum ich ihn am Elsterweg untergebracht hatte (damit er sich nicht zu Tode mästete). Mutter, die alle Entscheidungen in ihrem Leben bedauerte – Heirat, zweimalige Mutterschaft ohne pränatale Untersuchung, Lerchenfeld –, schämte sich jetzt vor dem Stiefsohn des Regierungsstatthalters. Sie klagte entschuldigend: »Wenn Ihr Schulkamerad nur gelernt hätte, was ihm im Gymnasium aufgegeben wurde ...«

Johann reagierte nicht. Wenn er nicht so unübersehbar massiv gewesen wäre, hätte man ihn für eine unaufdringliche Buddha-Statue inmitten von immergrünen Pflanzen und feierabendlichen Fußschemeln gehalten. Mutter zog sich von Johann zurück. »Aber ich weiß«, sagte sie dunkel und maß Vater mit einem vielsagenden Blick, »was der Herr statt dessen tut!«

»Was tut Franz, Muttchen?«

Er bosselt in den Wäschekorb! Er ruft wildfremde Leute in Afrika an! Er verliert seinen Bruder in der Ostschweiz!

Nichts davon.

Sie kreischte: »Dein Sohn raucht!«

Ich kann nicht sagen, wie viel Mutter noch mit dem Leben zu tun hatte. Tagelang walkte sie in der Küche umher und trank Unmengen Kaffee. Manchmal machte sie

Haushalt, das heißt, sie saugte im Wohnzimmer mit dem Handstaubsauger Vaters zerbissene Zahnstocher vom Leder. Dann ging sie zurück in die Küche, braute Kaffee, öffnete das Küchenfenster, sank auf den Schemel, zog weitere Aktivitäten in Erwägung, ermüdete grundlos, schloss das Küchenfenster, weil sie Lüthi-Brawands Sennenhund, der den Katzenkot im Gemüsebeet anbellte, nicht ertrug usw.

»Weißt du, was dein Sohn macht? Was tut dein Sohn, wenn er sich unbeobachtet fühlt?«

»Willst du ein wenig deutlicher sprechen, bitte?« bettelte Vater. »Kann ich nicht vielleicht das Ganze ein wenig gemächlicher haben, damit ich nicht morgen zu hören kriege, ich hätte nichts mitbekommen?«

»Ich soll doch nicht etwa zugeben, dass ich Zigaretten rauche?«, fragte ich.

»Lüg mich ja nicht an! Stopfst du dich nicht nach der Schule mit Tabak voll, ja oder nein? Jesus Christus!«

»Das soll wohl ein Witz sein?«, sagte ich. »Ich rauche, seitdem ich mir die Schuhe binden kann!«

»Päppu, pass auf, ich will, dass du das auch mitkriegst!«

»Hört mal, ihr habt ein Tempo drauf, das ist direkt gemeingefährlich«, erwiderte Vater unzufrieden. »Ich habe es schon schwer genug, einem von euch zu folgen, sprecht also nicht alle durcheinander, ja?«

Die Glocke des Backofens klingelte. Die Gemüselasagne. Johann zuckte in seinem Korbstuhl kurz auf und fiel in seine Apathie zurück.

»Franz, sag es mir. Du bist doch so gescheit und weißt

auf alles eine Antwort, also erkläre mir: Wie hat sich Heinz Wegenast eine Gelbsucht aufgelesen?«

»Heinz?«

»Warum verbringt dein ehemaliger Schulkamerad sein halbes Studium im Bett?«

»Studium? Was für ein Studium soll das sein?«

Ich hatte nicht gewusst, dass Heinz krank war.

»Antworte mir! Weshalb liegt Heinz mit Fieber im Bett?«

»Weil er gestrecktes Heroin drückt.«

»Mach dich nicht lustig über mich!«

»Meinetwegen«, sagte ich. »Wie hat er sich also die Gelbsucht geholt?«

Vater verdrückte sich in die Küche. Er hoffte bestimmt auf rasche Versöhnung und ein darauf folgendes leichtfüßig verplaudertes Mittagessen am familiären Tisch.

Mutter war meilenweit vom Mittagstisch entfernt. »Weil Heinz diese furchtbaren Dinger raucht! Weil sein Frühstück aus Teer und Nikotin besteht! Die wichtigste Mahlzeit des Tages – und nicht nur deine Mutter denkt so, Franz, auch die Wissenschaft – weißt du, was ein gesunder Mensch morgens zu sich nimmt?«

»Birchermüesli«, rief Vater aus der Küche. Er deckte geräuschvoll den Tisch und pfiff eine Melodie, die im dreizehnten Jahrhundert sehr verbreitet war.

»Birchermüesli, jawohl. Und Milch. Milch und Birchermüesli, und damit soll ein Mensch den Tag anfangen. Heinz Wegenast beginnt den Tag mit einer selbstgedrehten Zigarette! Sagen Sie mir, Herr Siebengescheit …« – damit meinte sie mich (sie hatte auch ironische Züge) –, »wie viel Vitamin C hat so eine selbstgedrehte Zigarette? Wie viele Mineralien und Schutzstoffe? Und jetzt liegt er da mit Gelbsucht und Fieber und kann nicht mehr studieren, und der guten Monika ist Angst und Bange um ihren Sohn!« Ihre Gedanken liefen Zickzack. »Franz, antworte mir, was willst du damit erreichen, dass du dich mit Rauch voll-stopfst, wo dich zu Hause ein Birchermüesli und frische Milch erwarten? Ich will die Wahrheit hören. Bist du des-halb von der Schule geflogen? Hast du im Klassenzimmer geraucht?«

Außer Sichtweite (in der Küche) räusperte sich Vater un-geduldig. Gewöhnlich begann er nicht zu essen, bevor die Familie vollzählig am Tisch versammelt war. Vermutlich schnitt er in diesem Moment die Lasagne in vier exakt gleich große Stücke oder vertrieb sich die Zeit, indem er verstohlen die Schweißflecken an seinem Hemd auf üble, deodorantfremde Gerüche untersuchte, oder indem er den Minutenzeiger auf seiner Omega eine Minute zurück-stellte – was immer auch ein glücklicher Buchhalter tun mag, wenn er nicht gerade seinem Computer einen aber-gläubischen Klaps verabreicht oder mit angehaltenem Atem einer in der Gardine gefangenen Wespe zur Freiheit verhilft.

Ich gab Mutter den Beschluss der Schulkommission.

Sie begann zu lesen. »Jesus Christus!«

»Was ist, Muttchen?« rief Vater.

»Dein Sohn!« Sie zitterte.

Ich ging in die Küche, hob ein Stück Gemüselasagne aus der Backform und schöpfte es in einen Suppenteller.

»Franz, du rauchst doch nicht wirklich Zigaretten?« fragte Vater und ging ins Wohnzimmer, um Mutter beizustehen.

»Verdammt noch mal, ja! Seit ich im Stehen pinkeln kann! Ihr merkt doch das nicht erst jetzt, oder? *Riecht* ihr das denn nicht?«

»Päppu!« kreischte Mutter. »Dein Sohn …«

»Bitte, Muttchen«, Vater stand ihr jetzt bei, »sprich deutlicher, sonst heißt es wieder …«

»Hier steht: Dein Sohn konsumiert Haschisch! Jesses!«

Ich trug den Teller an Mutter und Vater vorbei in den Wintergarten und legte ihn Johann auf den Schoß. Er begann langsam zu essen, ohne vom Teller aufzusehen.

Vater las enorm genau die Stelle im Brief, die ihm Mutter fröstelnd zeigte. Ihr Gesicht war knochenbleich.

Mitteilung der Schulkommission

Schulkommission

Betreff: Ausschluss vom Unterricht

An: Herrn Franz Obrist und Erziehungsberechtigte

Wir nehmen Bezug auf die außerordentliche Sitzung der Schulkommission vom 13. Juli 1995, in der einstimmig beschlossen wurde, Sie vom Unterricht am Gymnasium Thun auszuschließen und zwar aus folgenden Gründen:

Ihr Zeugnis des vergangenen Schuljahres (Stufe Prima) weist ungenügende Noten in vier Pflichtfächern auf:

Englisch 2

Betriebswirtschaftslehre 3,0

Volkswirtschaftslehre 3,0

Musik 2,5

Da Sie die Prima bereits wiederholt haben, besteht keine Möglichkeit einer Wiederholung derselben.

Folgende Punkte aus den Akten Ihres Klassenlehrers wurden von der Schulkommission zur Kenntnis genommen:

Wiederholte Ermahnungen (zuletzt: 27. Mai 1995)

– 67 unentschuldigte Absenzen

– Durch Haschischkonsum verursachter Verkehrsunfall abseits des Schulhofsgeländes am 23. September 1992

– Betrügerisches Verhalten bei schriftlichen Tests

<u>Der Beschluss tritt ab Beginn Wintersemester 95/96 in Kraft.</u>

Es steht Ihnen frei, gegen den Entscheid Rekurs einzulegen und zwar bei der Erziehungsdirektion des Kantons Bern gemäß folgenden Bestimmungen:

Das Rekursbegehren

– erfolgt schriftlich

– enthält die Gründe für die Anfechtung des Schulkommissionsbeschlusses mit all den Beweismitteln und Unterlagen, die Sie beizubringen in der Lage sind (Arztzeugnisse, Protokolle des schulpsychologischen Dienstes etc.)

– wird spätestens 21 Kalendertage nach Erhalt dieses Schreibens eingereicht.

Das Rekursbegehren ist an folgende Adresse zu richten: Erziehungsdirektion Bern, Sulgeneckstraße, Postfach, Bern.

Die Erziehungsdirektion wird das Rekursbegehren nur auf die ordnungsgemäße Durchführung des Verfahrens hin untersuchen, es sei denn, Sie zeigen auf, dass Sie aufgrund der Hautfarbe, des Geschlechts, der Herkunft oder aufgrund einer physischen oder psychischen Behinderung benachteiligt worden sind. Es steht Ihnen frei, sich bei einer allfälligen Vorladung der Erziehungsdirektion von einem Vertreter Ihrer Wahl vertreten zu lassen.

Ich leistete Entwicklungsarbeit. »Mutter, was ist an Haschisch so haarsträubend? Der Präsident der Vereinigten Staaten ist der verdammte Maharadscha von Kiffasien! Willkommen in der Neuzeit! Ich möchte bloß wissen, wo du deine Augen hast.«

Ich warf mich auf die Couch im Wohnzimmer und langte nach dem Stellenanzeiger.

Der Vater legte seine kleine Hand auf meine Schulter. »Franz, sieh mich an, warum tust du das deiner Mutter an?«

Biremoscht

Mir war so scheußlich zumute, dass ich mich freiwillig zur Arbeit in der Birnensaftfabrik an der EBT-Eisenbahnlinie im Schwäbis meldete. Ich hätte mich auch vor ein Erschießungskommando stellen lassen, aber in der Fabrik verdiente ich immerhin umgerechnet zehn Gramm schwarzer, marokkanischer Schitt pro Tag. Das gab den Ausschlag.

Was aus Halle B kam, sah schütter drein. Ich goss den Birnensaft in den Abguss. Die zerbeulten PET-Flaschen reichte ich Sulzer, der sie naserümpfend in den Abfallcontainer warf. Sulzer arbeitete seit sechs Jahren in der Birnensaftfabrik und sollte sich eine Woche lang um mich kümmern. Er war ein frustrierter Mensch, der eine Camel nach der anderen rauchte. Er trug ein dreckiges Hemd und machte den Eindruck eines Müllkastenwühlers, der sich vor einem Monat zum letzten Mal geduscht hatte. Wahrscheinlich gab er alles, was er verdiente, für Bier und Zigaretten aus, ohne daran zu denken, dass er ein paar neue Kleider und einen Zahnarzt brauchte. Mit Vorliebe erzählte er Geschichten, die einem weismachen sollten, was für eine große Nummer er einmal gewesen war. Sein Kinn war gespalten und die Nase verstärkt. Über dem Auge hatte er eine von einem Flaschenhals herrührende Narbe. »Wenn du dir Respekt verschaffen musst, dann schraub die Stimme drei Oktaven höher *and get mad*.« Er warf immer die englischen Worte ein, um mir zu zeigen, was für ein heller Kopf er war. Ich hielt uns beide für hoffnungslose Fälle.

Der Camion für die Auslieferung stand bereit, aber ich hatte noch keine einzige einwandfreie Flasche Birnensaft die Fabrik verlassen sehen. Die Maschine war abgestellt worden. Die Aufseherin in der transparenten Plastikschürze seufzte verzweifelt. Der Ingenieur und die Aufseherin standen ratlos vor der Maschine – einem brandneuen Tunnelpasteur aus Finnland, wie Sulzer verächtlich erklärte –, der Ingenieur meinte, es müsse an der Warmwasserberieselung liegen, zu hohe Temperaturunterschiede von Zone zu Zone, das würden die Plastikflaschen nicht aushalten. Ein schwerer Birnenduft drang aus dem Tunnelpasteur, als der Ingenieur ihn öffnete. Sulzer machte sich unsichtbar. Er hatte mir empfohlen, dasselbe zu tun, falls ich nicht den klebrigen Saft von den Ketten wischen wolle.

Die Reinigung und Neueinstellung des Tunnels zog sich bis in den Mittag hinein. Später holte ich mir in der Belegschaftskantine eine Scheibe Brot und verließ das Fabrikgelände, trottete die Bahnschienen entlang, dachte an Birnensaft, Schulkommissionsbeschlüsse und Nicht-raucher-Eltern. Schweiß trat mir aus den Poren, Übelkeit stieg in mir hoch und Kopfschmerzen schnallten sich fest. Ich versorgte mich mit ganz hellem, leichten Gras, und das half ein bisschen.

Ich kehrte beim menschenleeren Primarschulhaus Sonnenfeld um und war um eins zurück an der Rampe. Sulzer rauchte, ich wartete. Der Tunnel heulte und stieß Flaschen aus. Der Ingenieur prüfte das Thermometer und ließ die Maschine wieder stoppen. Nicht heiß genug, sagte er zur Aufseherin. Wie vormittags schüttete ich Birnensaft aus. Sulzer, den jetzt sogar das Nichtstun frustrierte, half mir beim Ausschütten. Was wir da machten, fragte er. Birnensaft ausschütten, sagte ich. Nein, er schüttelte den Kopf, was wir *tatsächlich* machten. Birnensaft ausschütten, wiederholte ich.

»Es gibt nur zwei Dinge, die für die Birnensaftfabrik sprechen«, behauptete Sulzer. »Die *Bucks* und meine Gesellschaft.«

»Wirklich großartig«, bestätigte ich.

Eine halbe Stunde später knirschten in Halle A die Rätzmühlen. Steine waren unter die Birnen geraten, Sulzer und ich wurden beauftragt, die Steine aus der Maische zu entfernen. Obwohl das nicht nötig sei, behauptete Sulzer ärgerlich, die Maische würde später ausgepresst, da habe es hundert Siebe dazwischen. Aber die ganze Fabrik war neu ausgerüstet worden, die Aufseherin meinte, man müsse die Maschinen schonen. Sulzer lachte einfältig und fingerte eine Zigarette heraus. Er sagte, um sechs haue er ab. »Ich geh heim und trinke einen Harass Feldschlösschen und stell die Satellitenschüssel ein und kratz mir die Eier wund und vergesse alles. Ich habe sechzehn Jahre im Magazin einer Weberei gearbeitet. Sechzehn glückliche Jahre. Bis zum

Bankrott.« Er sah verbittert aus, als er daran dachte. Dabei war er der Grund für den Bankrott gewesen. Er bekam drei Jahre wegen Brandstiftung und büßte zwei davon ab. »Zwei Jahre in der Gefängnisbibliothek. Die meisten Bücher hab ich nicht angerührt, aber andere hab ich gelesen von hinten bis vorn, bis ich nachts in der Zelle kaum mehr einschlafen konnte vor lauter Denken. Hör zu, Grünschnabel, du bist nicht der einzige, dem von dieser Arbeit schlecht wird.«

»Nein?«

»Nein, bist du nicht. Du bist auch nicht der einzige, der aus einem guten Leben rausgeschubst worden ist.«

»Aha.«

»Ich gehöre hier genausowenig hin wie du.«

Auf einmal rollten Harassen vom Fließband. Der Tunnel lief. Die Aufseherin lächelte erlöst. Sie griff sich eine Flasche aus dem Harass und begutachtete die Etikette, auf der *Biremoscht* stand. Wir verluden die Ware in den Camion.

Der Ingenieur holte Pappbecher und schenkte Saft ein. Wir stießen an. Außer Sulzer, der Birnensaft nicht mochte.

Die Flaschen sollten noch am selben Abend ausgeliefert werden. Ich schrieb meine Stunden auf und ging in den Garderobenraum. Kolonnen von Aluminiumkästen, weiße glatte Boden- und Wandplättchen, Waschbecken in einer Reihe, Seifenspender, Handtrocknungstücher aus grobfaserigem Papier. Ich stellte mich ans Waschbecken und krempelte die Hemdsärmel hoch. Wo musste man durchschneiden? Ich drückte verloren an meinen Handgelenken herum, murmelte hier und da und nein, nein, weiter oben, aber tief durchschneiden und fort. Es gibt Tage, da möchte man einfach das Licht ausmachen und in einer Zementwanne im Fluss versenkt werden. Ich legte den Kopf unter den Hahn, strich mir das Wasser aus dem Gesicht, blickte in den Spiegel, der über dem Waschbecken hing. Ich nahm die Haartönung, die Sulzer benutzte, um die grauen Schläfen zu kaschieren – er hatte sie auf dem Spiegelbord liegen lassen – und malte mir die sinnlosen Brustwarzen sinnlos schwarz an. Ich verlor vor Traurigkeit beinah das Bewusstsein. Die einzige Zeit, in der es dir gutgeht, Obrist, dachte ich, ist in den traumlosen Phasen des Schlafes.

Ich ging zurück auf die Rampe, schnappte mir die offene Flasche Biremoscht und stieg auf den Beifahrersitz in den Camion, der mich bis Guisanplatz mitnehmen würde. Die Temporäre im Wächterhäuschen an der Porte fragte, ob das nun der Birnensaft von den neuen Maschinen sei. Ich hielt ihr die Flasche hin. Sie nahm einen Schluck. Bitter, sagte sie und rümpfte die Nase und das ganze Gesicht. Ungenießbar, sagte sie. Ein niederschmetterndes Fazit, das mich aber nicht davon abhielt, weiter jeden Morgen in die Fabrik zu gehen. Ich war ja kein Gymnasiast mehr – ich war jetzt einfach Schweizer. Und Schweizerinnen und Schweizer bilden eine gemischte Rasse (ein Konglomerat keltischer, alemannischer, sizilianischer, bosnischer und tamilischer Gene, geformt zu jeder Gestalt und Größe) mit erstaunlich einheitlicher Mentalität: Oft erwachen sie in beklagenswertem Zustand, weil sie sich eine schlaflose Nacht lang wie Sulzer gefragt haben, was sie zwölf Stunden am Tag eigentlich treiben. Sie pressen sich vor Kopfschmerzen die Fäuste gegen die Schläfen, ihr Gang ist verhalten und reich an Unwille, Qual, Missmut … Trotzdem sind sie die ersten, die wieder am Fließband stehen. Oder wie Vater einmal gesagt hat: »Die Arbeitslosenquote ist auf 3,6 % gesunken, Muttchen. *Dreikommasechs* Prozent! In diesem Land sind die Leute geradezu verrückt danach zu arbeiten.« Vielleicht hat er recht. Vielleicht sind hier alle verrückt. Denn abgesehen vom Argument, Geld für Haftpflichtversicherungsprämien zu verdienen, macht Arbeit keinen Sinn, jedenfalls keinen, der mir schnell genug einfällt, um glaubhaft zu erscheinen.

Schiffbruch

Es war ein trauriger Donnerstag, spätnachmittags, nach der Frühschicht in der Birnensaftfabrik.

Mutter zapfte bei Frau Wegenast die Kaffeereserven an und schüttete ihr sorgenreiches Herz aus. (»Jesus Christus, Monika, ist das alles, was man unseren Kindern im Gymnasium beibringt? Haschisch rauchen und sich den Magen verderben.«) Vater lochte am Waisenhausplatz Steuerbelege und stopfte sie in graue Bundesordner. Julian weilte sommerferienhalber im Lerchenfeld. Er war auf dem Balkon und präsentierte MC dem Dachs seine Modellpanzersammlung.

Ich nahm eine Pizza aus dem Ofen, obwohl sie kaum aufgetaut war, walzte ins Wohnzimmer, nahm das klingelnde Telefon ab, hörte die Stimme von Johanns Mutter, legte auf, und mit einiger Mühe gelang es mir, neben Johann auf der Couch Platz zu finden.

Mit Johann stand es nicht zum Besten. Ich hatte ihn ins Lerchenfeld entführt, um ihn aus der Villa wegzuhaben und ihn zu beschäftigen. Ich fürchtete, er komme auf gefährliche Gedanken (kam er tatsächlich) und musste mich natürlich einmischen.

Johann blätterte nicht gerade übermütig die Seiten eines Buches um.

»Wie ist das Buch?«, fragte ich, die Augen geradeaus auf die Kamin-Imitation gerichtet (elektrisch betriebene Glut, gegenwärtig ausgeschaltet).

»Er hatte es ganz zuoberst auf seinem Brett.«

Mit er meinte Johann den toten Eryilmaz. Johann hatte in letzter Zeit nicht gerade atemberaubend viele neue Bekanntschaften gemacht.

»Ich habe nicht gefragt, woher du das Buch hast.« Ich hatte den Mund voll kalter feuchter Pizza. »Fehlt uns was?«

»Es sind arabische Märchen«, sagte er. »Konflikte, die nicht aufgelöst werden, abgedroschene Dialoge und unbewiesene Prämissen …«

Ich hielt inne mit Kauen und blickte Johann an. Sein Zustand war mir nicht ganz geheuer.

Mit Grabesstimme fuhr er fort: »Stereotype Protagonisten aus modifiziert objektiver Erzählperspektive, die …«

»Himmel, Johnny!« Ich musste ihn in die Welt zurückholen, guten Abend wünschen, freundschaftlich mit der Mütze winken wie die Fischer im tyrrhenischen Meer. »Bücher sind nicht dazu erfunden worden, um gelesen zu werden. Bücher werden verfilmt. Ein gutes Buch ist eins mit Yul Brynner und Shirley Temple in den Hauptrollen. Johnny! Raff dich doch auf!« Ich versuchte ihm das Kissen unter den breiten Hinterbacken wegzuzerren. »So wie du dahockst, hat man ja das Gefühl, als würde man mit einer Leiche reden!« Ich rüttelte ihn.

»Lass mich, Franz.« Er machte keinen Wank.

»Komm schon, steh auf! Lauf eine Runde um die Couch, mach irgendwas Konstruktives!«

Johann klappte langsam das Buch zu und legte es noch langsamer weg. Er ließ den Kopf in den Nacken fallen, atmete schwer und starrte an die Decke – ein Schiffbrüchiger auf einem Floß im weiten Ozean, der sich nicht entschließen kann, in welche Richtung er paddeln soll. Es war schlimm anzusehen.

Das Telefon klingelte, ich streckte mich, hob ab (wieder Johanns Mutter), legte auf.

»Ich möchte dich was fragen«, sagte Johann zögernd.

»Schieß los.«

»All das, was ich jetzt sage, ist nur so theoretisch. Gesetzt den Fall … da sitzt einer … in der Klemme …«

»Nun?«

»Er kommt da nicht heraus«, sagte Johann. »Aber er hat vielleicht eine Ahnung, er wüsste vielleicht, wie …«

»Johnny, von wem redest du? Redest du von dir?«

»Nein! Es geht um einen Kameraden. Hab vergessen, wie er heißt. Nun, angenommen, dieser Typ sitzt in der Patsche, und es gibt nur eine Möglichkeit, dass er da rauskommt, aber er getraut sich nicht, den Weg zu gehen. Meinst du, er soll es trotzdem versuchen?«

»Johnny, da will sich doch keiner umbringen, oder?«

»Du meine Güte, nein!«

»Dann soll ers versuchen.«

»Auch wenns zu früh dafür ist?«

»Zu früh?«

Johann schaute mich verzweifelt an.

»Dann muss es die Person – was immer sie vorhat – noch heute tun. Sofort. Es ist nie die rechte Zeit, um anzufangen.« Ich war überrascht, mich so was sagen zu hören.

»Aber er hat vielleicht kein Talent …«

»Talent? Talent ist gar nichts. Talent ist die Ausrede der Untüchtigen.« Ich legte den Teller mit der Pizza weg, hob den Telefonhörer ab, legte auf, und bedachte, was ich eben gesagt hatte.

Johann fragte: »Und wenn der Weg, den er gehen will, vielleicht nirgendwo hinführt?«

»Ich weiß nicht, warum wer in der Scheiße sitzt, aber ich weiß definitiv, wie sich Scheiße anfühlt. Wenn dem Kerl etwas an sich liegt, dann muss er alles tun, um da rauszukommen. Alles!« Himmel, wer spricht da? War das wirklich meine Stimme? Meiner ehrlichen Überzeugung nach löst man Probleme nicht. Man lässt sie vorbeiziehen. »Er muss den Tod wagen, um sich die Scheiße zu ersparen!« Ich musste übergeschnappt sein – jemand knetete in meinem Hirn rum. »Verflucht, Johnny, erinnerst du dich denn nicht, was dich Eryilmaz tausendmal hat vorsagen lassen? Du bist der Schöpfer deines Lebens! Du kannst dich ins Sofa verkriechen, du kannst dich grämen und winden und taub stellen, aber du bist diese verdammte Sonnenkugel! Du hast etwas Gewaltiges im Sinn, hab ich recht? Willst du deine Mamma umbringen? Willst du fasten? Willst du ein verfluchter Konzertpianist werden?«

Johann verschlug es den Atem. »Heh, Franz, den Typ gibts doch gar nicht. Es ist nur so ein Gedankenexperiment … Es braucht da einer nur eine kleine Abwechslung … einen Klimawechsel …«

»Wenns weiter nichts ist«, sagte ich und fühlte mich wieder, »ich kann dir so ein Klima verschaffen.«

Johann blickte mich fragend an.

»Heinz Wegenast sucht laufend …«

»Heinz? Ist er nicht krank? Deine Mutter hat gesagt …«

»Heinz ist zäh. Und er bekommt gar nicht genug von Leuten, die sich den Müll, den sie verkaufen sollen, nicht selber reinhauen. Du verdienst ein hübsches Sümmchen dabei.«

»Rauschgift! Ich bin viel zu … empfindlich, als dass ich auf der Gasse dealen könnte!«

»Tabus muss man brechen, Johnny. Morgen sind sie vielleicht schon keine mehr.« Ich zog das Kabel des Telefons aus, das wie verrückt klingelte.

»Warum lachst du?« Johann musterte mich und begriff, dass ich ihn auf den Arm genommen hatte. Er wechselte das Thema. »Herr Eryilmaz hätte gewollt, dass du die Matura machst.«

»Eryilmaz ist tot.« Die drückende Gegenwart des Hauswarts war etwas, das mich einschüchterte.

»Er hat gesagt, ich soll dich lehren, an der Decke zu gehen.«

»Hat ja bisher auch wunderbar geklappt«, sagte ich bitter und dachte an den Rausschmiss. Ich zündete im

Wintergarten (bei offenem Schiebefenster) die Duftkerze an und bastelte mir in Weltuntergangsstimmung aus der Mitteilung der Schulkommission einen Filter. Das Windrad auf dem Rasen knatterte. Vom Balkon her hörte ich die Stimme Julians, die MC dem Dachs den Unterschied zwischen einer Glattrohrkanone und einem Fliegerabwehr-Maschinengewehr erklärte. Lüthi-Brawands Sennenhund bellte sich hinter dem Heckenzaun den Verstand aus dem Leib. Vielleicht kam Venezuela vom Abbruch heim. Ich wusste, was in diesem Fall abging. Venezuela würde den schwanzwedelnden Hund ausgiebig knuddeln und über den Rasen zu den Beeten stapfen. Sie würde sich eine Tomate pflücken, diese unter dem Wasserhahn an der Außenmauer waschen und die Tomate schlürfend verdrücken. Der Sennenhund würde zwischen Gartentor und Venezuela hin und her laufen, in der Absicht, jedes Lebewesen totzubeißen, das sich ihr zu nähern wagte.

»Was machen die Birnen?«, fragte Johann. Er vertrat sich im Wohnzimmer die Beine. Langsam kam wieder Leben in seinen Körper.

»Das ist nur so eine Zwischenstation.« Ich zündete den Joint an. Der Hund hatte aufgehört zu bellen. Entweder Venezuela war ins Haus gegangen, oder Balz Neuenschwander hatte ihm ein mit Arsen versetztes Kotelett über den Zaun geworfen.

»Zwischenstation auf dem Weg wohin?« Johann konnte auch aufsässig sein.

»Kann ich dir genau sagen.« Ich pustete Asche vom Blatt

eines Zitrusbaums. »Das Zeitalter der Hochspannungs-Touristik ist angebrochen.«

»Was hast du vor?«

»Ich veranstalte Rundflüge, Sturzflüge … Immelmann-Kurven, Loopings, Rentierverfolgungsjagden … Thrill Air, verstehst du? Ich brauche nur eine ausrangierte Militärmaschine und einen Flugschein. Jeder träumt davon, mit einem Düsenjet durch die Luft zu fliegen. Eine Gletscherlandung für zwei Riesen, drei für einen Flug von den Bären in der Puszta zu den Elchen in Lappland. Die Maschine besorge ich mir auf dem Schwarzmarkt der Roten Armee in Petersburg. Den Flugschein mache ich für fünzig Dollar in Rumänien. Es ist überhaupt nicht schwierig. Ich …«

»Schon gut, Franz.«

Ich scharrte mit dem Fuß in der Topferde eines Bonsais und sagte resigniert: »Schau, Johnny, ich bin kein Fensterputzer. Reiseveranstalter. Fabrikarbeiter. Ich sehne mich nach Geborgenheit, ich verachte Freiheit. Ich will in den Bauch, ich will es weich haben. Ich will geschützt sein vor Tunnelpasteuren, öffentlichen Verkehrsmitteln, Lärm, ich bin ein trostloser Bursche, aber es lässt sich nichts dagegen machen. Ich will zurück ins Gymnasium – der richtige Ort für einen Maulwurf wie mich. Dunkle Ecken, Holunderbüsche, wo man sich verstecken kann …«

»Warum legst du nicht Rekurs ein?«, schlug Johann vor.

Ich sah ihn fragend an.

»Du hast doch bestimmt die Möglichkeit, Rekurs einzulegen.«

Ich blickte eine Weile lang ins Leere und dann aus dem Wintergarten. Vaters kachelroter Honda bog in den Elsterweg. Mutter würde sich beeilen müssen, von Frau Wegenast loszukommen, um rechtzeitig die Kartoffeln in den Ofen zu schieben. (Wir essen immer aus dem Ofen.)

Johann fragte: »Was steht denn darüber in diesem Brief von der Schulkommission?«

Ich entfaltete, was von der Mitteilung übriggeblieben war. Ich las: »... es sei denn, Sie zeigen auf, dass Sie aufgrund der Hautfarbe, des Geschlechts, der Herkunft oder aufgrund einer physischen oder psychischen Behinderung benachteiligt worden sind.«

»Was willst du machen?«, fragte Johann.

Ich schloss die Augen. »Ich werde jetzt aus diesem Haus latschen und in Doro Apfel reinrennen. Mir das Bein brechen. Das schient und gipst und verbindet sie mir, und Abrakadabra ich bin zurück im Würfel.«

Und so ähnlich kam es dann: Thrill Air, Knochenbruch, Würfel. Ich brach mir zwar nicht das Bein, aber sonst was. Ich war nicht wählerisch in dieser Beziehung.

Das Lehrabschlussgeschenk

Venezuela Lüthi hatte ihre Berufslehre mit einer tadellos ausgeführten Brückensprengung am Grimsel-Pass abgeschlossen. Die Abbruchfirma war von ihr dermaßen überwältigt, dass sie ihr neben einem Abschlussdiplom auf Pergament auch einen Gutschein für eine Heißluftballonfahrt schenkte, den Venezuela mit Julian und mir – ihren nicht ganz schwindelfreien Nachbarn – an einem wunderschönen warmen Hochsommersonntag, zehn Tage nach meinem Verweis vom Gymnasium, einlöste.

Was Venezuelas Vorname betrifft, so war das ein Versehen, das sie dem Sekretär der Christlichen Fachstelle für Adoption in Maracaibo, Südamerika, verdankte. Als dieser das Adoptionsfreigabe-Formular von Venezuelas natürlicher und analphabetischer Mutter ausfüllte, verwechselte er die Spalten Geburtsland und Taufname und schrieb in diese »Venezuela«, in jene Spalte Venezuelas wahren Namen. Katrin und Bruno Lüthi-Brawand stutzten, als sie das Formular (und einen Haufen weiterer Behördenpapiere) zur Unterzeichnung zugestellt bekamen, und schickten das ganze Paket postwendend zurück, um den Fehler zu berichtigen. Aber scheinbar gefiel ihnen die Idee, ihre

Adoptivtochter nach ihrem Herkunftsland zu rufen, was ihnen ohne den Schreibfehler des Sekretärs niemals in den Sinn gekommen wäre. Venezuela klang hübsch und war einfacher zu behalten als ihr Taufname (Aureliana Gerinelda Elera Amor), und vielleicht behagte Bruno Lüthi-Brawand, der im Zeughaus Reparaturetiketten abstempelte, die Vorstellung, Rekruten könnten ihn für einen Geheimagenten halten, wenn er defekte Feldstecher entgegennahm und beiläufig erklärte: »Venezuela macht uns wieder Sorgen.« Das Baby wurde geliefert, und ehe es sich versah, nannten es alle nur noch nach seinem Geburtsland und versuchten mit ihm spanisch zu sprechen.

Über Venezuelas Angebot, mit ihr an einer Heißluftballonfahrt teilzunehmen, hatte sich Julian riesig gefreut – er nickte und nickte und sagte: »Ja, klar! Scheiß, ja klar! Flugzeug!« Ich machte ebenfalls keine Schwierigkeiten – schließlich waren Heißluftballone keine öffentlichen Verkehrsmittel. In Müntschemier stiegen wir in den Korb, schüttelten dem Piloten die Hand und erhoben uns in den Luftraum. Wir schwebten über den Berner Gemüsegarten zwischen Murten- und Bielersee, lachten, knipsten Bilder für Lüthi-Brawands Wohnzimmerwand, rieben uns die fröstelnden Glieder und freuten uns ganz allgemein des gelungenen Lehrabschlussgeschenks. Ich erbrach mich nur wenig, Venezuela unterhielt sich mit dem Piloten über technische Ventile, Notreißleinen und Ballastsäcke, und Julian erzählte dem Wind halbgare Witze, als ein Schwarm Kraniche die Schwingen schlagend über den Ballon hinwegfegte.

Die Kraniche waren grau und schön, leuchteten in der Sonne und sahen dort oben am Himmel aus wie diese schaukelnden Laubsägemännchen, die seltsame Eltern über die Betten ihrer Kinder hängen. Der Schwarm flog schnurgerade, das knatternde Geräusch des Flügelschlags erfüllte die Luft, und ich geriet in eine Art freudige Erregung, mir war, als hörte ich Gottes gemütliche Stimme, die den Erschwernissen und Mühen des Lebens vorschlug, sich aus dem Staub zu machen.

Ich täuschte mich. Gott ist nur ganz selten gemütlich. Viel lieber ist er übellaunig und grausam. Da hockt er in einem zwielichtigen Motel an irgendeiner stillgelegten Schnellstraße des Kosmos und pult an einem eingetrockneten Marmeladenfleck herum. Keiner mag mich, denkt er. Keiner braucht mich. Ab und zu wirft er ziel- und lustlos Speere ins All und hofft auf den Glückstreffer, der seinen Ruf wiederherstellt und die Bartkraulerei zurück in Mode bringt.

Die Kraniche zogen also über den Heißluftballon hinweg, als ein wahrscheinlich bejahrter, möglicherweise zuckerkranker Kranich einen Herzinfarkt erlitt und den Geist aufgab. Er löste sich aus der Formation und stürzte Schnabel voran vom Himmel in die Hülle des Ballons, die er durchbohrte wie ein Pfeil.

»Loch!«, jubelte Julian.

»Gott im Himmel!«, schrie der Pilot entsetzt. »Wir verlieren Luft!«

Der Ballon begann zu sinken. Der Pilot schrie Tod und

Verderbnis und bekreuzigte sich aufgeregt, Julian gurrte
vergnügt und ruderte mit den Armen, Venezuela, die aus-
gelernte Abbruchspezialistin, zog die Brauen zusammen, mir
drehte sich der Magen wie eine Waschtrommel, und als wir
immer rascher zu sinken begannen, zog eine Auswahl meiner
mittlerweile einundzwanzig Jahre an meinem inneren Auge
vorbei: der Eintritt ins Gymnasium, Eryilmaz neben dem
gelben Sofa, MC der Dachs im Holunderbusch … und
plötzlich tat es mir schrecklich leid zu sterben. Ich mochte
nicht sterben. Ich war zufrieden mit dem Nicht-Nichts, dem
Dasein, das war mir schon genug Stoff zum Nachgrübeln.
Ich dachte trotzig: Ich bin nicht an der Reihe mit Sterben,
ich sterbe kein bisschen, und wenn ich hundertsieben werde
und nicht mehr bis drei zählen kann, auch dann bringt mich
keiner hin, wo ich nicht hinwill.

Ich hatte in meinem Leben noch nie so geschwitzt.

Venezuela, die sich die Baseballkappe in die Stirn zog,
den Brenner abstellte (um zu verhindern, dass die flatternde
Hülle Feuer fing), an den Notreißleinen herummachte
und dem totenblassen Piloten Mut zuredete, musste ähnlich gefühlt haben, denn als wir unaufhaltsam der Erde zu-
preschten, raunte sie erst Julian, dann mir etwas ins Ohr,
das ich nicht verraten werde, aber für einen Augenblick
hielt ich inne mit Ballastsackabwerfen und wenns nicht so
grauenhaft klingen würde, dürfte ich sagen: Eine Träne hing
an meinem Lid.

Ich hätte ihr zurufen mögen: »Teurer Seestern, halt mich
fest.«

Ich stammelte nur: »Bist ein feiner Kerl, Venezuela. Ehrlich. Mit dir macht Sterben richtig Spaß.«

Kurz gesagt: Wir kamen mit dem Schrecken davon. Der Ballon prallte auf den Neuenburgersee, worin der Korb, die Hülle und die Überreste des unglücklichen Kranichs versanken, während Venezuela, Julian, der Pilot und ich von mürrischen welschen Barschfischern aus dem Wasser gezogen und in Wolldecken gewickelt wurden. Julian (den die harte Wasserung ziemlich verbleut und verbeult hatte) war froh, zurück in seine geschützte Werkstatt zu kommen, und mir war beim Aufschlag auf den Neuenburgersee natürlich der Brenner entgegengerast und hatte mir das Schlüsselbein zerschlagen. Ich hatte zu wenig Übersicht für eine Notlandung.

Die Geschichte hatte ein Nachspiel: Die ehemals furchtlose Venezuela verstummte, zog sich zurück, und wenn sie mir einen Krankenbesuch abstattete, war sie still, wunderlich und verschlossen, nagte an ihren Daumennägeln und bastelte an ihrem Testament.

Wenn ich sie darauf ansprach, warum sie mit neunzehn Jahren ein Testament schreibe, reagierte sie empfindlich. »Ich weiß, was du denkst. Dass ich den Ballonabsturz einfach ignorieren sollte. Aber wir hätten beinah ins Gras gebissen, und eins hab ich gelernt, Franz, es liegt immer irgendwo eine Kugel auf der Lauer, um einen von allem wegzureißen. Ich lebe gern, aber ich möchte es vom richtigen Ende anpacken. Der Tod gehört verboten, daran ändert sich nichts.«

Mitunter fragte sie, wie man Worte wie »Autobiografie« und »Freihandelsabkommen« schreibe.

Ich fragte: »Na, wirst du mich auch nicht vergessen?«

»Du stehst mit tausend drin, Pistolero.«

(Unsere Liebe war ein Kuss, bevor man schlafen geht.)

Als Venezuela ihr Leben aufgerechnet und gewogen hatte, bewarb sie sich um eine Stelle fern einstürzender Brücken in der weniger riskanten Kinderspielplatzbranche (Wartung und Reparaturen von Rutschbahnen, Schaukeln, Klettertürmen, Lauftrommeln, Rundlaufpilzen, Wippen etc.), und nach und nach lebte Aureliana Gerinelda Elera Amor von Neuem ihr unerschrockenes Leben, das ein endliches geworden war, aber das Kostbarste, das sie besaß.

Kompost

Die Birnensaftfabrik war überstanden, und ich wartete auf einen gelungenen Einfall, um einen Rekurs vom Stapel zu lassen.

Das gebrochene Schlüsselbein fesselte mich für Tage ans Bett. Die kleinste Bewegung wurde zur Tortur. Johann kümmerte sich um mich: Stützte mich zum Bad, brachte mir das Essen, lüftete das Zimmer, las mir aus den Büchern vor, die Eryilmaz hinterlassen hatte, wischte MCs Häufchen auf, schirmte mich von Mutter und Vater ab (mit denen er sich unerklärlicherweise aufs Beste verstand), machte die Lichterkette an und schloss diskret die Tür hinter sich, wenn Venezuela vorbeikam, um eine geschrumpelte Pflaume aus ihrem Garten mit mir zu teilen.

Mit Johann war eine Veränderung vorgegangen. Er hatte sich in der Stadt einen Schreibcomputer gekauft und ihn an meinem Schreibtisch aufgeklappt. Als ich Ende Juli wieder auf meinen eigenen Beinen stehen und im Tempo eines Gletschers vorwärtsschlurfen konnte, war Johann fertig. Er hatte Tag und Nacht getippt.

»Setz dich mal hin, Franz, komm, verschnauf ein bisschen. Ich will dir etwas zeigen.«

»Was ist das?«

»Ein Manuskript. Ich habe etwas herumfantasiert; es wäre nett, wenn du mal reinschauen könntest.«

Ich legte mich ins Bett und fing an.

In diesem Moment wurde heftig an der Türklinke gerüttelt. Die Tür war abgeschlossen.

»Mach auf, Franz. Mach sofort auf, hörst du?«

Es war Mutter. Johann fragte, ob er aufmachen solle. Ich schüttelte den Kopf.

Ich las.

Der Anfang war abgefahren. Johann beschrieb, wie ein Bursche auf einer armseligen Insel irgendwo im Süden existierte und abgestandenes Wasser trank, wie er durchs Dorf streunte, auf der Suche nach etwas Essbarem, wie er altersschwache Tauben jagte und sie überm Feuer briet, wie sich danach die Mutter ins Zeug legte, sich einen reichen Bonzen und eine Villa angelte, ihrem Sohn ein Propellerflugzeug besorgte, ihn in Buttermilch baden ließ und alle Vernunft aus dem Haus entfernte. Ich hatte es offensichtlich mit einer seltsamen Mischung aus Mordlust, Selbstmitleid und Komfort zu tun.

»Also, Franz, was hältst du davon?« Johann sah mich erwartungsvoll an.

»Ich bin noch nicht fertig.«

»Franz! Diesmal habe ich dich erwischt!«, sagte Mutter durch die Tür. »Du verkaufst *Drogen*!«

Dann lernte der Bursche im Manuskript einen Guru kennen (mit türkischem Namen). Dieser schwatzte fadenscheiniges Zeug. Machte Diätvorschriften und sprach seitenlang von Licht und Sinn und Yoga. Man musste sich den Guru im Kopfstand vorstellen, der Bursche auf einem Kissen sitzend, andächtig den Satz wiederholend: »Ich hab eine Sonne mit tausend Strahlen im Leib.«

»Ich hab eine Sonne mit tausend Strahlen im Leib! Himmel Arsch, Johnny! Das ist genau so eine dröge Formulierung, die Gottfried Keller bei verträumten Gymnasiallehrerinnen zur Pflichtlektüre macht.«

»Das ist nur eine erste Fassung.«

Ich nahm einen Filzstift und schrieb darüber: Ich hab einen verdammten Backofen im Gekröse.

»Du verkaufst Drogen!«, schrie Mutter und hämmerte mit der Faust gegen die Tür.

Seit sie wusste, dass ich kiffte, war sie vollkommen übergeschnappt.

Ich gab mir wirklich Mühe.

»Hör doch, Mutter, sei vernünftig. Ich handle nicht mit Drogen«, sagte ich durch die verschlossene Tür. »Ich konsumiere nicht einmal welche.«

»Jesus Christus, Franz! Du konsumierst Drogen!«

»Stimmt etwas nicht mit deinen Ohren, Mutter?«

»Du hast dich verraten, Franz! Herrje!«

»Sag schon, wie kommst du auf Drogen?«

»Ich wurde darüber aufgeklärt!«

»Aufgeklärt?«

»Jawohl, aufgeklärt!«

»Wer erzählt den Mist?«

»Diesmal kommst du mir nicht davon, Franz! Morgen geht Papa mit dir zum Arzt!«

»Na schön, meinetwegen«, sagte ich müde. »Ich bin ein gesetzloser Hund. Ich hänge an der Nadel. Ich benutze die Venen am Bein, damit niemand es sieht. Gehe ich eben morgen zum Arzt. Wie du meinst. Höre ich eben auf. Kein Problem.«

Ich hörte, wie Mutter davonrannte.

Ich las weiter. Etwa tausend Seiten allein die Sonne und der Kopfstand. Dann endlich kollidierte der Guru mit dem Propellerflugzeug im Landeanflug und verzettelte sich in alle Winde. Er hatte an den Borden der Landebahn vom Privatflugplatz Arnika und Lavendel gepflückt – Arzneipflanzen gegen Fettleibigkeit –, und der bedauernswerte Bursche hielt es für klug, sich die Schuld am Unfall zuzuschreiben. Er stürzte sich von der 87. Sprosse des Fernsehturms auf dem Niederhorn.

»Worum gehts bei der Geschichte?«, fragte ich Johann.

»Nun, es geht um einen verlorenen Jungen auf der Suche nach sich selbst.«

»Nein.«

»Es handelt von Freundschaft, Schuld und Sühne.«

»Es handelt von nichts anderem als von dir.«

Johann tat beleidigt. »Ich wollte die Beziehung zwischen mir und Herrn Eryilmaz auf eine allgemeine Ebene bringen.«

»Blödsinn. Die Tauben sind gut. Aber du musst den Guru rausnehmen. Eryilmaz war kein Heiliger, er war ein versoffener Hauswart. Außerdem brauchst du dich nicht umzubringen. Steck die Villa in Brand und schreib ein Buch. Ein besseres.«

Johann zögerte einen Augenblick, dann setzte er sich zurück an den Computer.

Durch den Fußboden hörte ich Mutter jemanden ankreischen. Wahrscheinlich Vater vor dem Radio.

»Ich werde das Gymnasium schmeißen«, sagte Johann und fing wieder an zu tippen.

»Was?«

»Ich werde Dichter.«

»Das meinst du nicht im Ernst!«

»Ich mag nicht immer nur kleine Punkte machen. Es wird Zeit für einen rechten Strich.«

Dann kam Vater.

»Mach die Tür auf oder ich breche sie ein! Ich habe ein Beil bei mir!«

In einer Sekunde war Johann bei der Tür und in der nächsten drehte er den Schlüssel um. Ich lag wehrlos im Bett.

Ein dünner bleicher Mann zitterte im Flur, mit kleinen ängstlichen Augen. Er hielt tatsächlich ein Beil in der Hand. Es hing an seinem Körper herunter wie ein greiser Pimmel. Mutter stand hinter ihm. Ich blätterte entnervt in Johanns Manuskript. Ich hätte meine Unterhose gefressen, um vom Elsterweg wegzukommen.

»Franz, sicherlich verstehst du unsere Sorgen«, sagte Vater. »Du weißt, wir wollen nicht, dass dir etwas geschieht …«

Mutter kreischte: »Drogen zerstören dich!«

»Deshalb«, übernahm Vater das Wort, »verbieten wir, dass in diesem Haus …«

»Himmel Arsch!« Die Eltern duckten sich, und das Manuskript klatschte an den Türrahmen. Ich musste es nach ihnen geschleudert haben. »Ich habe zugegeben, dass ich drücke und deale und weiß was noch alles, nur damit ihr endlich zufrieden seid und ich euch los bin! Aber ihr kommt immer wieder!« Das Schlüsselbein schabte sich in die Nerven, was mich nur zorniger machte. »Jetzt nehme ich alles zurück! Ich kiffe, sonst nichts! Keine Drogen, kein Handel! Ich will hören, wer dir die Scheiße erzählt hat, Mutter! Na los! Raus mit der Sprache!«

Ich machte vorsichtige, federnde Schritte im Garten. Frau Wegenast stand mit einer Spritzkanne hinter den Sonnenblumen. Ich hatte eine Zigarette in der Hand. Ich überlegte, ob ich zu ihr hingehen und die Zigarette langsam an der Innenwand der Spritzkanne ausdrücken sollte, ohne den Blick von ihr zu lassen. Aber ich entschied mich für eine Handvoll weißes Gewürm – Engerlinge und Breitmaulrüssel –, die ich sorgfältig aus dem Kompost siebte und mit einem traurigen Grinsen unter Frau Wegenasts Salat streute. Streitkultur im Lerchenfeld.

Das Rekursbegehren

Mein Problem war, dass ich keine Argumente für einen Rekurs ausfindig machen konnte, obwohl ich es mir zur Gewohnheit gemacht hatte, unter der Dusche nach ihnen zu suchen. Was sollte ich denn in einem Rekursbegehren anführen? Meine Leistungen? Ungerechte Behandlung? Ich hörte bereits die Absage von der Erziehungsdirektion: »Es tut uns leid, Herr Obrist, aber wir sehen keinen Anlass, auf Ihr Begehren einzutreten. Ihre Leistungen sind indiskutabel schlecht. Ihre Hautfarbe ist elfenbeinweiß, Ihr Geschlecht souverän männlich, Ihre Herkunft steuerbegünstigtes Kleinbürgertum, und was Ihre Psyche angeht, steht es um Sie nicht schlechter als bei irgendwem sonst. Denken ist wichtiger als alt werden, hohoho! Weiter so, Herr Obrist! Kopf hoch!«

Johann und MC der Dachs belagerten mein Zimmer. Mutter und Vater durchforsteten Küche, Wohnzimmer und Wintergarten nach versteckten Drogen. Die Dusche war der einzige Ort im Haus, wo ich ungestört nachdenken konnte. Aber ich verbrachte ganze Stunden unter der Brause ohne den rettenden Einfall.

Ich duschte und zerbrach mir den Kopf, und am 31. Juli

kam ich zum Schluss, dass das Wasser die falsche Temperatur für Inspiration aufweise. Also drehte ich den Regler nach rechts. Einen Augenblick lang meinte ich, die Wassertemperatur sei nun richtig, bemerkte aber, dem war nicht so. Ich drehte den Regler wieder nach links. Ich dachte versuchsweise ein bisschen nach, war aber mit dem Ergebnis nicht zufrieden. Ich drehte von neuem den Regler, hin und her, von kalt über lau zu heiß und zurück. Den ganzen Tag stand ich unter der Dusche auf der Suche nach der richtigen Nachdenk-Temperatur.

Ich war kurz davor, verrückt zu werden.

Vielleicht war ichs auch schon.

Ich stürmte aus dem Bad.

»Hab ich einen Knall, Johnny?«

»Nein, Gott sei Dank nicht, Franz.«

»Na gut, ich besorg mir einen.«

Ich schleppte Mutters Frauenzeitschriften aufs Zimmer, acht Bündel Altpapier, schnitt die Schnur auf, blätterte, suchte nach unterstrichenen Stellen, diktierte die grässlichsten und psychologischsten Sätze Johann, der sie in den Schreibcomputer tippte, und gemeinsam verfassten wir aus purem Leichtsinn rechtlichen Möglichkeiten gegenüber mein Rekursbegehren.

Es war der 1. August 1995, zwei Tage vor Ablauf der Eingabefrist. Ich bestritt freiwillig das Mittagessen.

Der Vater, nach all den unschönen Vorfällen um Normalität bemüht, sagte mit einer fröhlichen Sankt-Nikolaus-

Stimme: »Muttchen! Franz! Johann! Ist mir vielleicht eine Geschichte passiert heute!«

Und dann hörten wir uns in allen Einzelheiten an, was er am Waisenhausplatz Großartiges vollbracht hatte.

»Es rief einer an, dem fehlte der Beleg der Mehrwertsteuer – so weit könnt ihr mir folgen? Januar bis April, der brauchte eine Kopie des Mehrwertsteuerbelegs …«

Dann – bis ins letzte Detail – was er sagte, was der andere sagte, wo sie suchten usw.

»Ich hing also an diesem Telefon fest. Ausgerechnet in dem Moment kamen die Männer von der internen Revision herein, setzten sich links und rechts von mir auf den Schreibtisch …«

Dann streckte ich dem Vater ein Stück Papier hin. Ich wartete nicht ab, bis der Mehrwertsteuerbeleg gefunden worden war.

»Was ist das?«, fragte er.

Es steckte in einem dieser fortschrittlichen Klarsichtmäppchen mit Klemmverschluss. Der Titel war sehr gewählt: *Gesuch um Rekurs in der Angelegenheit Obrist versus Gymnasium Thun.*

»Würdest du das bitte durchlesen und unterschreiben«, sagte ich.

»Gewiss«, sagte er. »Aber erst musst du dir die Geschichte zu Ende anhören!«

Ich schlenderte die Aare aufwärts, warf Kieselsteine gegen militärische Anlagen und Wache schiebende Rekruten, brachte das Rekursbegehren auf die Post im Oberen Bälliz, ließ es einschreiben und war versucht, die unschuldigsten Passantinnen anzuspringen und auf die Wange zu schmatzen.

Es war ein Zwischenspiel des Friedens und der Betrachtungen, und ich kriegte nicht genug davon. Das Rekursbegehren auf der Post, ein verheiltes Schlüsselbein, schon erinnerte ich mich duldsam der Tage, als ich mit Sulzer in Birnenmaische herumstieg und mich vom Drogendezernat am Elsterweg durchwuseln ließ. Ich war von der Erfüllung meiner Wünsche so überzeugt, ich brauchte nicht einmal Sternschnuppen. Ob die Zukunft eintraf, war nicht so wichtig. Wichtig war, Aussicht auf eine zu haben.

Am Abend suchte ich mir eine Pizzeria zum Abendessen. Ich wollte eine vornehme Pizzeria, die nicht zu vornehm war. Nicht so geputzt, dass einen, kaum war man zur Tür rein, die Kellner einkreisen, doch vornehm genug, dass man nicht befürchten musste, auf minderjährige Terzianer zu stoßen, die heiße Schokolade tranken und Bierdeckel verstümmelten. Mir gings um eine gute Pizza, ein Glas Chianti, um sorgenfreies Leben. Ich malte mir aus, wie ich an der Bar der Pizzeria ein alkoholfreies Bier trinken würde. Ich würde mir einen Zahnstocher in den Mund stecken und mich in eine erfreuliche Stimmung versetzen (ich musste nur den Zufall nahe genug an mich herankommen lassen). Dann würde ich an einen Einzeltisch hinübergehen, Quattro Stagioni bestellen (die farbigste Pizza, die man wählen konnte, obwohl ich Artischocken nicht mochte). Die Ecke mit den Artischocken würde ich mir einpacken lassen, um sie MC dem Dachs mitzubringen. So würde jeder etwas von meinem Glück abkriegen. Und wenn ich nicht genug Geld in meiner Tasche hätte? Dann würde ich zu Johann gehen und ihn darum bitten, die Rechnung zu begleichen.

»Entschuldigen Sie mich einen Augenblick«, sagte ich zum Kellner, als er die Rechnung brachte. »Richten Sie mir einen Grappa, einen doppelten.«

Ich stieg durchs Klofenster hinaus.

»Und wenn dir Johann nicht aushelfen will, was machst du dann?«, fragte mich die Sorge. »Bis dann vergeht noch viel Zeit«, summte das unbeschwerte Leben.

Folterkammer

Heinz wohnte in einer Sozialwohnung im fünften Stock eines alten, schäbigen Mietshauses an der Burgstraße, gegenüber vom Regionalspital. Es gab einen Fahrstuhl, aber der funktionierte nicht. Im Treppenhaus miefte es nach verstopften Abwasserleitungen, und die Stufen knarrten qualvoll. Eine verschossene rosa Tapete schmückte den Flur. Ich kletterte über einen ausgehungerten Schäferhund, der auf dem Novilon Flöhe züchtete. Es war stockdunkel, denn das Mietshaus war an den Nordhang des Schlossbergs gebaut. Glühbirnen, die den Standortnachteil hätten aufheben können, steckten keine in den Fassungen. Johann trat dem Schäfer auf einen Körperteil. Der Hund jaulte auf und verzog sich hinter einen Blumentopf, wo eine braunblättrige Aloe dem trockenen Ende entgegensah. Ich wandte mich um. Johann lächelte verlegen und hielt sich an einer Flasche Wein fest, die er für Heinz gekauft hatte. Wir tappten weiter durch den dunklen Flur. Ich ging voraus. Johann ging den fahlen Lichtstreifen der Wand entlang und setzte vorsichtig Fuß vor Fuß. Ich hörte das gelegentliche Schleifen seiner Jacke an der Tapete. Es war sein großes Abenteuer. Er hatte dem Rektor einen förmlichen Brief geschrieben und mitgeteilt, dass er das Gymnasium mangels befriedigender Perspektiven abbreche. Berichte über die Reaktion des Rektors lagen keine vor.

»Wie hat es deine Mutter aufgenommen?«, fragte ich.

»Sie versteht es einfach nicht«, gestand Johann.

»Wann hast du ihr erzählt, dass du das Gymnasium schmeißt?«

»Sie fuhr den Bentley von meinem Stiefvater. Ab und zu fährt sie gern selbst …«

»Und?«

»Sie fuhr geradewegs durch die Fußgängerzone im Bälliz. Sie schrie die ganze Zeit: ›Was?‹«

Vielleicht war seine Mutter nicht so dumm, wie ich immer gedacht hatte. »Dann hat sie immerhin begriffen, dass es dir ernst ist.«

»Sie versteht es einfach nicht. Sie scheint … na ja … besorgt. Sie glaubt, dass ich ohne Mittelschulabschluss schnurstracks ins Zuchthaus wandere. Ich versuchte es ihr zu erklären. Ich weiß nicht, ob ich zu ihr durchgedrungen bin. Sie brachte den Fuß nicht vom Gaspedal.«

Ich klopfte.

»Ich hoffe, du stellst dir nicht etwas Falsches unter dieser Sozialwohnung vor, Sultan. Das Schloss wirft seinen Schatten, den dunklen, nicht den glanzvollen. In diesem Haus wohnen mehr Junkies als in der Bronx.«

»Genau das ist es, was ich suche«, sagte er, rot vor Verlegenheit, »die unterste Stufe der Leiter.«

Das hatte ihm natürlich Eryilmaz eingebrockt. Johann

konnte dessen Erwartungen nicht verwinden: »Tu mehr als deine verdammte Pflicht!« Eryilmaz sah in Johann einen Menschen, der sich aufschwingt zu etwas Großem, etwas Einzigartigem, Künstlerischem. Also hatte Johann angefangen zu dichten, wahrscheinlich weil Klavier spielen oder einen Außenbordmotor erfinden zu kompliziert war. Die Sonnenkugel machte sich auf, einer seelenlosen Welt neues Leben einzuhauchen. Ich fand das Experiment – gelinde gesagt – fragwürdig.

Aber mutig.

Plötzlich hatte ich das brennende Verlangen herauszufinden, was Johann von mir hielt. Ich widerstand natürlich. (»Okay, Johnny, jetzt mal ehrlich, du denkst, ich drücke mich, richtig?«) Aber ich dachte später darüber nach, und was ich herausfand, war beängstigend.

Ich klopfte ein zweites Mal und hob die Stimme: »Ich bins, Heinz! Mach auf!«

Ich hörte, wie sich jemand eine Zigarette anzündete, dann wurde die Tür einen Spaltbreit geöffnet. Heinz erkannte mich und musterte Johann.

»Was schleppst du mir da an?« Er blies achtlos eine Wolke Rauch durch den Spalt.

»Das ist Johann Giorgio Ferri, der Dichter. Er wird dein Untermieter.«

»Bist du dir da sicher?«

Es ging um die Erschließung einer neuen Einnahmequelle. Heinz würde nicht nein sagen können. »Würdest du uns bitte hereinlassen, damit Johnny sich umsehen kann?«

»Wann zieht er wieder aus?«, fragte er, ohne die Tür zu öffnen.

Das könne er nicht sagen, antwortete ich. »Wenn er sich wohl fühlt, bleibt er. Wenn nicht, verschwindet er wieder.«

Heinz grinste Johann missbilligend an. »Der wird mir die ganzen Ravioli wegfressen.«

»Sicher. Und die Bettdecke dazu.«

Heinz trat einen laschen Schritt zur Seite, die Tür schwang auf. Ein stechender Geruch von feuchten Turnschuhen und trostlosen Gewohnheiten schwappte mir entgegen – und das war der Moment, als ich nachzudenken begann darüber, dass fast sechs Jahre vergangen waren, seit der Quizmaster Robert Lembke in eine bessere Welt übergesiedelt war und Heinz mir auf dem Pausenhof den ersten Joint gedreht hatte. Vieles hatte sich verändert: Heinz war flink und schlau gewesen, er hatte die Matura gemacht, und jetzt wohnte er in einer Sozialwohnung und sah trotz des Grinsens ziemlich kränklich und verwaist aus. Irgendwann stünde ich wie Heinz mit einem wertlosen Maturazeugnis da, mit dem ich dann bestenfalls Julians Hamsterkäfig auslegen könnte. Dann würde ich meine Suzanne-Vega und John-Scofield-Bootlegs verkaufen müssen, um mir einen Hotdog leisten zu können, würde voraussichtlich in den eidgenössischen Militärbetrieben Sprengstoff hin- und herschieben und mein letzter Gedanke wäre (sofern einem ein letzter Gedanke vergönnt ist, wenn man versucht, mit dem linken Fuß eine Zündschnur auszutreten und einem gleichzeitig eine Flasche Nitroglycerin langsam aus den

186

Händen gleitet), warum ich Venezuela die Gänseblümchen immer erst vorbeibrachte, wenn sie schon begonnen hatten zu welken.

Ich erhaschte einen Blick auf meine Zukunft, und was ich sah, war ausgesprochen ermutigend.

Die Wohnung war ein kaltes, wüstes Loch.

Heinz zeigte Johann die Toilettenbürste und den verkleisterten Mop. Johann nickte geflissentlich. Ich ging in die Küche, spülte drei Gläser mit rostbraunem Hahnenwasser und entkorkte die Flasche Wein, die Johann mitgebracht hatte. Ich kam heraus und verteilte die Gläser.

Wir tranken. Heinz taute auf. »Erzähl dem Knaben von den Sachen, die wir gemacht haben, Franz.«

»Was habt ihr denn gemacht?«, fragte Johann.

»Glaub ihm kein Wort«, sagte ich.

»Es war doch in der Folterkammer, Franz?«

»War was?«

»Wo wir den Touristen Ganja verkauft haben?«

»Natürlich. In der Folterkammer. Vom Schloss.«

»Schreibst du auch für die Zeitung, Johann?«

Ich reichte Heinz einen Joint, um ihn zum Schweigen zu bringen. Er nahm einen Zug und reichte ihn weiter an Johann.

»Er kifft nicht«, sagte ich.

»Was?« Heinz fixierte Johann.

»Ich habe dazu einfach keine Lust«, stammelte Johann. Er fühlte sich schuldig, und alles was er getan hatte, war, einen Joint auszuschlagen.

»Komm schon …!«

»Danke, Heinz, ich weiß das zu schätzen, aber …«

»Na los«, Heinz lächelte jovial, »entspann dich!«

»Himmel Arsch, Heinz! Johnny achtet auf seine Gesundheit. Er lebt nach dem Grundsatz: Was mich umbringt, macht mich schwach, kapiert?«

In spätestens einer Minute würden Johann und ich die Burgstraße hinabgehen. Der Stiefsohn des Regierungsstatthalters würde den Kopf schütteln, ein herzhaftes Lachen ausstoßen und die Dichterei vergessen. Er würde ins Gymnasium zurückkehren, Sechsen einstreichen und mich lehren, an der Decke zu gehen.

»Ist hübsch hier, wirklich«, schwärmte Johann unvermittelt. Er rühmte die Gardinen und das elektrische Licht. Er lachte Heinz an. »Im Schatten vom Schloss lebt es sich bestimmt angenehm kühl um diese Jahreszeit!«

Heinz meinte, er und Johann könnten zusammen den Rekruten Cannabis andrehen. Ich meinte, sie könnten noch ein bisschen warten.

Das Loch der Gesellschaft

Eine Woche später erhielt ich eine Vorladung der Erziehungsdirektion zu einer Anhörung, und das hieß, dass das Rekursbegehren nicht allzu dämlich auf sie gewirkt hatte. Von den 150 Argumenten, die Johann und ich aufgelistet hatten, waren schließlich zwei übriggeblieben.

Ich dirigierte mein Rad nach Bern. Ich fuhr den Uferweg der Aare entlang, passierte Kiesen, Münsingen und Muri, und der Spätsommer entfaltete sich vor mir. Geschnittenes, borstiges Gras. Maisfelder. Bäumchen. Ein heller Himmel über mir. Vögel und Krähen. Ein Zwerg von einem Hund, der dem Rad auflauerte und mir in die Speichen sprang, und dreißig Kilometer später kettete ich das Rad an einen Hydranten bei der Oberzolldirektion und suchte im Monbijou-Quartier die Erziehungsdirektion.

Vor dem Gebäude lernte ich Jan Pulver kennen, eine skelettartige, überdrehte, um die vierzig Jahre alte Erscheinung. Mir tropfte von der Anreise die Nase, und Jan Pulver reichte mir ein Kleenex. Wir betraten das Gebäude und ich machte den Fehler, ihn zu fragen, in welchem Stock sich der Raum HG4b befinde. Es stellte sich heraus, dass Pulver »der Pädagoge vom Haus« war, und nicht nur bei meiner

Anhörung anwesend sein sollte, sondern auch über mein Rekursbegehren ausgezeichnet informiert war. (»Man hat Ihnen unentschuldigte Absenzen untergeschoben, weil Sie jemanden im Spital besucht haben. Du meine Güte, ist das wirklich wahr?«) Ich brauchte noch ein Kleenex, und Pulver begann mitten auf der Treppe über Parasitologie zu reden, und ich hielt mit. In Parasitologie kannte ich mich zufällig ein bisschen aus, denn es war neben arabischen Märchen und Medizinlexika eins der wenigen Gebiete, worüber Eryilmaz in seiner Wohnung am Obermattweg Bücher rumliegen gehabt hatte. Johann hatte sie sich alle geholt und mir aus ihnen vorgelesen, als ich reglos im Bett dem Schlüsselbein beim Verheilen beistand. Wenn Johann aus der *Diagnostik der Parasitosen des Menschen* und aus den *Immunochemischen Verfahren und Anwendungen* vorlas, sah ich den alten Besenmann vor mir, wie er die Mineralwasserflasche ansetzte, um den Bazillen in seinem Körper den Garaus zu machen. (Ich bin sicher, er hat die Bücher nicht gelesen; er hat sich bestimmt nur die Bilder und Vergrößerungen des infizierten Gewebes angesehen – den Rest überließ er seiner Intuition.) Ich konnte nicht auf dem Mund sitzen. Jan Pulver brachte ein paar Dinge durcheinander, und ich half ihm auf die Sprünge, indem ich ihm Robert Kochs Geburtsdatum lieferte, außerdem die Jahreszahl der Entdeckung der Tuberkulosebakterien und einen allgemeinen Abriss der Bedeutung dieser Entdeckung.

Das war zu viel für den Pädagogen. Er hielt mich jetzt für einen verkannten Intellektuellen. Im HG4b vor versammelter Erziehungsdirektion fing er sofort an, über das »Unrechtsgefüge unseres Mittelschulsystems« zu lamentieren. Pulver war nicht zu bremsen. Ich brauchte in der Anhörung kein Wort zu sagen.

Auf dem Nachttisch der Mutter stehen Fotografien von mir und Julian beim Fußballspiel auf der Allmend. Ich bin fünf oder sechs. Julian wirft mir fachmännisch den Lederball zu, und dieser erwischt mich im Gesicht. Die Fotografien zeigen mich vor dem Wurf, wie ich die Arme ausstrecke, während des Wurfs, wie mir der Ball das Nasenbein bricht, und nach dem Wurf, wie ich brüllend im Gras liege. Es kam mir vor, als hätte Pulver diese Fotos vor seinem geistigen Auge, als er mir die Absolution erteilte. Er wusste immer ganz genau, wer mir was wann wo angetan hatte. Er erklärte, dass ich unter einer Menge Dinge zu leiden hätte, die von derselben Sozietät geschaffen worden seien, die mich jetzt fallenließe. Von irgendwoher wusste er, dass das Häufchen unter meinem Hintern nicht aus meinem Loch stammte. Das schiss ein ganz anderes Loch dahin. Das Loch des Systems und das Loch der Gesellschaft und das Loch der Erziehungsdirektion und all die anderen Löcher. Die schissen wie bescheuert und schoben mir die Häufchen unter den Hintern und freuten sich, wenn ich drauf ausrutschte und vom Karren fiel. Das war natürlich Blödsinn. Es gab keine andern Löcher. Ich dachte: Was kann ich bloß dagegen tun? Wie kann ich diesen irren Kerl dazu bringen, mich nicht von allem weißwaschen zu wollen? Es war *meine* Scheiße. Es kam mir keine »Gesellschaft«, kein »System«

in die Quere – ich besorgte das selbst. Das hatte ich seit jeher so gehalten. Mein verträumtes Mitwirken an Osterfestspielen, der Sturz ins Grab – ich hatte geradezu Stil darin entwickelt, mir selbst die Tür vor der Nase zuzuschlagen.

Es gibt noch eine vierte Fotografie auf jenem Nachttisch. Sie zeigt mich – die gebrochene Nase in einen Erste-Weltkrieg-Kopfverband gewickelt – in den Armen der Trost spendenden Mutter. »Ich werde es nicht zulassen«, verkündete Pulver mütterlich, »dass Franz Obrist in der Gosse landet!«

Ich wollte aufspringen und in den Saal rufen: »Sie las sen sich doch nicht von diesem Pädagogen auf den Arm nehmen!«

Ein grauer, gelangweilt dreinblickender Mann von der Erziehungsdirektion fragte mich, ob ich dem, was Pulver über mich gesagt habe, etwas beizufügen wünsche.

»Ich verstehe nichts davon«, antwortete ich bescheiden. »Aber ich freue mich, dass jemand ein paar freundliche Worte für mich übrig hat.«

»Es geht nicht darum, freundlich zu sein«, schloss Pulver. »Ich weiß gar nicht, was Freundlichkeit noch zählt in dieser lichtlosen Gesellschaft.«

Am Vormittag nach der Anhörung, gegen zehn Uhr, läutete das Telefon.

»Franz Obrist?«

Ich erkannte die Stimme.

»Ja?« gähnte ich und rieb mir die Augen.

»Störe ich Sie bei der Hausarbeit?«

»Selbstverständlich, Herr Pulver, aber reden Sie weiter.«

»Wir haben Ihren Fall in der Sitzung heute Morgen geklärt. Sie werden den Unterricht wiederaufnehmen können.«

»Aha?«

Das war eine wundervolle Nachricht. Zurück in den Würfel! Ich malte mir mein Comeback aus: Ich würde mein Rad auf einen der hinteren Plätze in der Einstellhalle stellen, wo die Mäuse ihren Dreck machten. Hallo Mäuse, würde ich sagen. Willkommen daheim, würden die Mäuse piepsen. Ich würde im Heizungskeller ein Schläufchen um Eryilmaz' Mineralwasserflasche binden, und keiner dürfte sie anrühren. Ich würde Doro Apfel, der Prorektorin, in der Cafeteria Abführtee aufgießen und ihr Feigen und getrocknete Birnen bis unters Halszäpfchen stopfen. Ich würde Rambo Riedel schöneres Deutsch beibringen und auf Peggys Testresultate wetten. Vielleicht kriegte ich meinen gewohnten Platz im Eck des Hufeisens. Ich richtete mich auf ein weiteres halbes Dutzend Jahre als Gymnasiast ein.

»Wir haben beraten und entschieden, in Anbetracht Ihrer motivierten Einstellung, Sie nicht ein weiteres Mal die Prima wiederholen zu lassen. So verlieren Sie kein zusätzliches Jahr. Sie bleiben in Wullschlegers Klasse«, erklärte Pulver. »Sie wissen doch, was das bedeutet, Herr Obrist? Endlich bricht Ihr letztes Schuljahr an. Matura in elf Monaten!«

»Was? Augenblick mal …«

»Herzlichen Glückwunsch!«

Maulwurf

Bleiben Sie einen Moment, Franz«, sagte Wullschleger nach meiner ersten Englischstunde in der Oberprima.

»Was liegt an?«

»Nichts liegt an.«

Ich blieb misstrauisch sitzen. Die Kameraden verstoben zum Kaffeeautomaten und ließen mich allein mit dem Klassenlehrer zurück. Wullschleger schaute mich vom Lehrerpult her unverwandt an. Er saß krumm da, wie es ihm am wohlsten war. Zwischen uns waren etwas über vier Meter Teppich, geschreinertes Holz und genügend Kugelschreiber, um ihn in ein Stachelschwein zu verwandeln, falls er vorhatte, mir nachdrücklicher Lebwohl zu wünschen als vor den Sommerferien.

»Wie haben Sie das geschafft?«, fragte er langsam.

»Was?«, fragte ich.

»Wie haben Sie die Erziehungsdirektion auf Ihre Seite gekriegt?«

»Ich schätze, ich bin denen gehörig in den Arsch gekrochen.«

Wullschleger schwieg lange. Dann kratzte er sich im Nacken und sagte nachdenklich: »Ich habe noch nie erlebt, dass einer zurückgekommen ist.« Sein Gesicht war voller ehrlicher Verwunderung.

Ich nahm einen Farbstift hervor und spitzte ihn mit der gewaltigen Bleistiftspitzmaschine, die an Rambo Riedels Platz angeschraubt war. (Wo Riedel all die altertümlichen Geräte herhatte, war mir ein Rätsel.) Ich beobachtete Wullschleger aus den Augenwinkeln. Er hatte große Ohren, was mir jetzt zum ersten Mal auffiel, und freundliche Augen. Im Grunde sah er nicht gefährlicher aus als ein Eichhörnchen. Das verwirrte mich. Vielleicht hatte ihm jemand im Sommer ein paar antidepressive Spritzen verpasst.

Er fragte: »Was haben Sie die – Ferien über gemacht?«

Ich dachte an die Saftfabrik. Unwillkürlich lief es mir kalt den Rücken runter. Ich sehnte mich ganz und gar nicht zurück zu Schichtarbeit und Tunnelpasteuren. Ich nahm einen zweiten Farbstift und spitzte auch diesen. »Gearbeitet, vielleicht.«

»Geldverdienen interessiert Sie wohl nicht?« Er lächelte müde, aber unverstellt. Vielleicht interessierte ihn Geld auch nicht.

»Ich bin zu jung zum Arbeiten«, antwortete ich, als ich fertig gespitzt und den Farbstift weggelegt hatte.

»Ich kanns nicht verstehen, Franz. Warum sind Sie ins Gymnasium zurückgekommen?«

»Geht es Sie was an?«

»Nein«, gab er zu.

Es war entwaffnend. Ich spürte, wie ich in Versuchung geriet, aus der Deckung zu gehen.

Die Glocke schellte. Wullschleger erhob sich reflexartig von seinem Platz. Er packte seine Sachen zusammen und schickte sich an zu gehen. »Die Matura bedeutet Ihnen nichts, da bin ich mir sicher, Sie werden nie an einer Hochschule studieren, und in spätestens ein oder zwei Jahren ist für Sie der Spaß hier vorbei. Warum also sind Sie zurückgekommen?« Er blieb an meinem Pult stehen. »Es können nur zwei Dinge sein. Erstens: eine unbekannte Art von Geistesschwäche. Zweitens: ein Mädchen.« Ich behaupte, ein Hauch Sarkasmus lag in seiner Stimme.

Ich verschränkte die Arme über der Brust. »Die ganze Sache ist vielleicht bloß eine schlaue Tour, um Sie hinter den Kopierapparat zu locken, niederzumetzeln und dann Ihren Platz einzunehmen.«

»Sie taugen nicht zum Lehrer«, erwiderte Wullschleger grinsend im Abgang. Das Pausengespräch, die Unterredung, das Spiel mit halboffenen Karten – was immer es war, es war vorbei.

Ich blieb im Klassenzimmer zurück, blickte aus dem Fenster, dachte über Wullschlegers seltsame Frage nach, die ich mir nie gestellt hatte, nie stellen musste, weil die Antwort auf der Hand lag, denn genau genommen gibts ja nur den Würfel und mich, und wir gehören zusammen wie der Schraubenschlüssel zu Venezuela gehört, die Beule zu meinem Bruder. Der Würfel ist mein Nest, meine Muttersprache, meine geschützte Werkstatt, während die Welt da draußen einem wolkenverhangenen Donnerstag gleichkommt, eine Welt mit Fabriken, Spitälern, Friedhöfen, verkotzten Villen, Sozialwohnungen, Bundesbahnen, sadistischen Göttern, Behinderten-Camps, Rollstühlen, bürstenschnittigen Rekruten, Panzern, grauen Schalensesseln, Naturfaser-Allergien, italienischen Urlaubsinseln, abartigen Elektro-, Chemie- und Feuerunfällen, Kalkgruben, Kampfhandlungen, Brandbomben, Hungersnöten etc. – eine Welt, in die niemand freiwillig reingezogen werden will, es sei denn, er sei ernsthaft am Kopf verletzt. Mangel an Ehrgeiz? Ich verlache jede Absicht, etwas erreichen zu wollen in der Welt. Jugendrichter, Steuerbuchhalter, Regierungsstatthalter … Da streichle ich lieber MC den Dachs. Niemals werde ich in einen eisernen Mantel steigen, den irgend jemand für mich parat hält. Niemals werde ich mich in Dienst und Pflicht selbst zerfleischen, um wie Frau Apfel, die Prorektorin, Mutmaßungen über defekte Ausscheidungsorgane anstellen zu können. Mangelndes Verantwortungsgefühl? Es gibt genug andere, die illegal eingereiste Flüchtlinge verstecken (Venezuela), Gedichte schreiben (Johann), und die einen auf Trab halten (mein Bruder). Es reicht völlig, wenn ich versuche, weniger Schaden anzurichten und von mir keine allzu schlechte Meinung zu haben. Tatendrang? Ein Mensch ohne Taten ist ein Panzer ohne Granaten. Geld? Findet sich immer. Arbeit? Nein, danke. Ich habe eine zarte, empfindsame, arbeitsscheue Seele. Wenn jemand in meinem Hörkreis »An die Säcke!« ruft, dann schaue ich mich nicht um und renne los, als sei der Leibhaftige hinter mir her.

Werde ich jemals sterben, im Himmel oder am Rand des Universums oder wo weiß ich in Robert Lembke selig reinlaufen und an seinem verfluchten *Was bin ich?* teilnehmen müssen, dann bestimmt nicht als so etwas Ausgefallenes wie Entfesselungskünstler oder Autowaschanlagenmechaniker, sondern einfach als nutzloser inkompetenter quicklebendiger Berufsgymnasiast. Ich bin zufrieden, wenn ich im Holunder einen Wigwam bauen, viele kleine erfreuliche Dinge bedenken und viele große unerfreuliche Dinge verdrängen kann. Ich wünsche mir nichts anderes, als ein menschenscheuer Jüngling zu bleiben, eingeschlossen in einem Mittelschulklo mit einem Bleistift hinter dem Ohr, um einen Spruch an die Trennwand zu kritzeln.

»Du bist verweichlicht, Franz«, sagte Peggy und maß mich mit zwei angriffslustigen Augen.

Es war Winter geworden. Während ich Peggy in der Bibliothek eine mathematische Formel beizubringen versuchte (sie wiederholte die Terzia), spottete sie über meinen Mangel an Visionen und Ehrgeiz.

»Na und?«, murrte ich. »Wem tut das weh?«

Peggy schob die Mathematik beiseite und blickte aus dem blitzsauberen Fenster auf den verschneiten Pausenhof. Eine Traube Gymnasiasten unbekannter Herkunft (vielleicht die neuen Anschlussklässler) kratzte Schnee vom Boden und warf ihn freudestrahlend um sich. Der neue Hauswart betätigte sich an den Fallrohren beim Haupteingang.

»Ich bin glücklich, wenn ich dieses grässliche Gymnasium hinter mich gebracht habe«, meinte Peggy. Sie schien ständig in irgendwas verliebt zu sein (zurzeit in Rambo

Riedel, den sie durch den Maschendrahtzaun beim Hockeyfeld küsste), sie hatte einen Setzkasten voll Träume und betrachtete ihn aus allen möglichen Winkeln, während sie nach einem Schwimmbecken voll Parfum duftend durch den Tag strauchelte. »Ich werde Schauspielerin. Intelligente Kostümfilme drehen. Regisseure verführen. Fanpost unbeantwortet lassen …«

»Das wollen sie alle.«

»Geh zum Teufel, mein Schatz«. Dann fragte sie, wie ich mir meine Zukunft vorstelle.

Ich zuckte zusammen. Für mich war *Zukunft* ein derart schwieriger Begriff, dass ich spontankonstante Zufriedenheit immer vorgezogen hatte.

»Nach der Matura«, antwortete ich schroff, »stell ich mich tot.« Ich versuchte ruhig zu bleiben. »Ich könnte der Assistent der Prorektorin werden. Ich könnte den Kopierapparat in Schuss halten. Ich könnte im Erste-Hilfe-Raum den Medikamentenschrank nachfüllen.«

Peggy brach in Gelächter aus. Ich spürte das Blut in meinen Kopf steigen. Ich kam mir selbst jetzt ziemlich dumm vor. Ich zog eine nutzlose Linie mit dem Geo-Dreieck und sah weg. Die Schneeliga hatte sich die Fäustlinge abgestreift und stapfte Richtung Cafeteria. Ihr Geschnatter drang sogar durch die Schallschutztür der Bibliothek. Der neue Hauswart tänzelte im Dreiviertel-Takt über den Pausenhof und bewegte seine Lippen, als singe er. Dann geschah etwas Merkwürdiges: Er hob die Arme wie Tragflächen, und im gleichen Moment begann es zu schneien. Ich dachte:

Vielleicht war der neue Hauswart in einem früheren Leben Regenmacher im Tschad gewesen und sprach heute noch fließend Mubi.

Peggy wischte sich die Tränen aus den Augen und wurde streng. »Du kannst nicht ewig im Würfel bleiben!«

Ich rief: »Und ob ich das kann! Man hat mich aus dem Würfel geworfen, ich bin zurückgekommen. Man kann mich wieder rauswerfen, ich werde notfalls als Hauswart oder Kreide oder Seifenspender verkleidet zurückkommen. Ich werde die Maturaprüfungen absichtlich versauen! Ich bin entschlossen, den Rest meines Lebens im Würfel zu verbringen! Sorglosigkeit! Freude! Wohlbefinden!«

»Besonders tapfer bist du nicht«, sagte Peggy traurig. »Du bist einundzwanzig und hast noch keine Frau angerührt.« Sie erhob sich.

Ich fühlte mich miserabel. »Was soll ich mit einer Frau? Ich will keine Frau.« Ich tippte irgendwelche Zahlen in den Rechner.

»Woher willst du wissen, dass du keine willst, wenn du noch keine gehabt hast?«

Sie packte die Notizen zusammen und trippelte hüftschwenkend aus der Bibliothek. Bei der Tür drehte sie sich kurz um.

»Schau Franz, du bist unterentwickelt. Du fährst noch nicht mal Auto. Du bist nicht ohne Reize, aber …«

Ich horchte auf. Als sie das letzte Mal etwas Ähnliches gesagt hatte, musste ich mir danach Lippenstift von den Ohren schrubben.

»Ich habe nicht gesagt, du seist besonders reizend«, verbesserte sie. »Ich habe nur gesagt, du seist nicht ohne Reize. Du hast ein flinkes Mundwerk. Mag sein, dass es Mädchen gibt, denen das genügt.«

Sie verschwand. Ich zwirbelte das Geodreieck im Kreis. Ich war vielleicht ein unmotorisiertes Weichei, aber allem Anschein nach reizend. Ein Tropfen Licht in einer tintenschwarzen Zukunft.

Dann stand plötzlich Riedel hinter mir.

Im Erste-Hilfe-Raum II

Steh auf.«

»Rambo, ich habe Peggy nicht angerührt.«

»Weiß ich, Latte. Steh auf. Knall mir eine.«

»Was?«

»Du sollst mir eine reinhauen.«

»Sicher, Rambo, mit dem größten Vergnügen.«

»Na los, trau dich!«

»Willst du mich verscheißern? Weshalb sollte ich so was tun? Ich lege mich nicht mit dir an. Ich will am Leben bleiben, klar?«

»Ich tu dir nichts. Du sollst mir nur leicht am Verputz kratzen, damit ich einen Grund habe, mich im Erste-Hilfe-Raum von der Prorektorin versorgen zu lassen.«

»Versorgen lassen?«

»Muss ihr ein paar Fragen stellen.«

»Geh zu ihr ins Büro.«

»Geht nicht. Ich kann nicht so mir nichts, dir nichts beim Rektorat anklopfen. Hab einen Ruf zu verteidigen. Man würde denken, ich bin ein Speichellecker.«

»Was kümmern dich auf einmal die andern?«

»Ich bin jetzt in der Oberprima.«

»Und was bedeutet das?«

»Genau das will ich die Prorektorin fragen.«

»Dir selbst leuchtet das aber ein, was?«

»Schlag zu! Ich hab nicht den ganzen Tag Zeit.«

»In Ordnung, Rambo, wie du willst. Du kannst die Abreibung haben. In aller Freundschaft. Aber nicht hier.«

Wir gingen ins Freie. Es war schneidend kalt. Eine eisige Windböe wehte mir feiste Schneeflocken ins Gesicht.

»Wo willst du verletzt werden?«, fragte ich zähneklappernd.

»Was?«, brüllte Riedel.

»Wo dus hinhaben willst!«, brüllte ich zurück.

»Nicht auf die Nase!«

»Ich bin das nicht gewohnt, weißt du«, erklärte ich, mit den Füßen stampfend und die Hände gegen die Schultern schlagend, »normalerweise bin ich es, der Prügel bezieht.«

»Mach schon!«

»Okay!«

»Na los!«

»*Okay!*«

Ich holte Anlauf. »Grab yo' hat'n grab yo' coat«, brüllte ich, um mich in Stimmung zu bringen, »leave yo' worry on de do' step …« Ich schraubte meine Stimme drei Oktaven höher and I got mad. »Wahoo! Hiya!« Ich schlug so fest, dass mir der Hemdsärmel riss.

Eine Minute später versammelten sich zwei mächtig blutende Nasen vor dem Büro der Prorektorin.

»Verdammt, Latte. Habs dir doch erklärt. Nicht auf die Nase.«

Ich fluchte und heulte und blutete und alles zusammen. »Himmel Arsch, ich hatte Schnee in den Augen!«

Frau Apfel öffnete. »Um Gottes willen!«, rief sie entsetzt.

»Wir brauchen 'nen Verband«, sagte Riedel höflich.

Sie schob uns in den Erste-Hilfe-Raum. »Was ist geschehen?«

»Wir sind auf dem Glatteis bei der Einfahrt zur Einstellhalle ausgerutscht«, erklärte Riedel.

Ich fluchte noch mehr.

Wir setzten uns aufs Krankenlager, die Hände zu Reisschalen geformt, um das tropfende Blut aufzufangen.

Frau Apfel verarztete uns.

Riedel tat, als ob er ins Blaue hinaus fragte: »Sagen Sie, Frau Apfel, was muss man tun«, er zögerte, »um die Matura zu bestehen?«

Frau Apfel zog eine Spritze auf. Eine gottverdammte Spritze.

Ich sprang zur Tür.

»Hiergeblieben, Franz! Lernen müssen Sie, Anton, nichts weiter als lernen.«

»Gibts keinen anderen Weg?«, fragte Riedel unwillig. »Lernen fällt mir unheimlich schwer.«

»Das ist aber eine große Spritzennadel.« Ich lächelte in der Hoffnung, Frau Apfel von ihrem Vorhaben abzubringen.

»Die größte«, lächelte sie zurück. »Hose runter, Franz.«

»Das ist nicht Ihr Ernst!«

Riedel fand das zum Brüllen komisch.

»Es kommt darauf an, das Richtige zu lernen«, wandte sich Frau Apfel mit freundlicher Stimme an Riedel. »Und Sie dürfen sich nicht vom Lernen ablenken lassen. Die Unterhose lassen Sie dort, wo sie ist, Franz. Ich mache Ihnen die Spritze in den Oberschenkel.«

»Ich hab mir schon so was gedacht«, brummte Riedel deprimiert. »Viel Arbeit und Aufwand, wie?«

»Nein, Anton, Schweiß ist nicht das Entscheidende. Auch nicht Zeit oder eine ausgefeilte Methode. Das Schwierigste am Lernen ist, nicht wild draufloszuhühnern, sondern sich erst ein Bild davon zu machen, was das gewünschte Resultat sein soll.« Sie wagte einen Scherz: »Sie haben schöne Beine, Franz. Auf die Zähne beißen!«

»Himmel!«

»Fragen Sie Ihre Lehrer und Lehrerinnen«, fuhr Frau Apfel verbindlich fort, »was sie am Ende des Gymnasiums an Wissen von Ihnen verlangen. Das ist der direkteste Weg.«

Riedel sträubte sich. »Ich weiß nicht … Man sagt immer, man mache das für sich, nicht für …«

»Sie können sich wieder anziehen, Franz, ich habe die Beine gesehen. So viel Vertrauen müssen Sie aufbringen, Anton. Wenn Sie im Eishockey Fortschritte machen wollen, hören Sie auf Ihren Trainer, nicht?«

»Ich fühl mich beschissen«, sagte Riedel. »Wenn mir der Trainer nicht passt, dann hauen wir uns und vertragen uns wieder. Das geht hier nicht.«

»Niemand hat gesagt, dass Ihre Lehrerinnen und Lehrer

perfekt sein müssen. Sie dürfen nicht zu hohe Erwartungen an sie stellen. Suchen Sie nicht den wunden Punkt. Konzentrieren Sie sich darauf, was sie Ihnen beibringen können. Alles andere ist Verschwendung.«

Riedel rieb sich verloren am Schädel (die Gegend über seinem Großhirn.) »Ich werds nicht packen. Matura und so.«

»Machen Sie sich nicht lächerlich, Anton. Wozu sind Sie denn sonst hier? Franz«, sagte sie mit einem Lächeln, das nicht so überarbeitet schien wie ihr Gesicht, »wie fühlen Sie sich?«

Diese Frau Apfel. Ein so liebenswerter, hilfreicher Mensch. Man müsste ihr einmal einen Dienst erweisen.

»Ich brauche jetzt viel Zärtlichkeit. Und einen Kaffee.«

»Hose runter, Anton!«

»Hauen Sie ihm die Spritze durchs Bein«, sagte ich und drückte die Türfalle. »Er mag Schmerzen.«

Die nächsten Monate …

Den ganzen Winter und Frühling durch tat ich etwas, was ich noch nie getan hatte, ich lernte. Das geschah natürlich aus Trotz, denn die Matura würde mich ruinieren, das stand fest.

Im Januar, während Feuerwalzen auf der Insel Borneo eine Waldfläche von der Größe Luxemburgs vernichteten, bat ich Frau Brunisholz um eine Liste mit klugen betriebswirtschaftlichen Fragen.

Im Februar, als in Florida 70 000 Menschen vor Feuern flohen und der Interstate Highway I-95 auf einer Länge von 320 Kilometern gesperrt werden musste, wechselte ich meinen Platz im Klassenzimmer von hinten links auf vorne rechts, um Sicht auf Volkswirtschaftslehrer Gonçalves am Projektor zu erhalten.

Im März, als in Bangladesh 25 Millionen Menschen ihr Haus oder ihre Hütte verloren, die Nahrungsmittel verdarben, die Ernte vernichtet wurde, ließ ich mir von Mädchen F erklären, wo die Kommas im Englischen hinkommen (der wesentliche Unterschied zu früher war, dass ich diese Informationen jetzt vor statt *während* der Tests sammelte).

Im April, als eine Granate eines Leopard-2-Panzers statt in die dafür vorgesehene Kiesgrube in die Aare flitzte und ganz Thun, allen voran die Aarefischer und natürlich Venezuela, dazu brachte, das Militärdepartement mit Briefen und nächtlichen Telefonanrufen zu überhäufen, brachte mir Johann ein paar Akkorde auf dem Klavier bei. Weil es an der Burgstraße kein Klavier gab, nahm er einen Bogen Papier und malte schwarze Säulen drauf. Auf diesem stummen Piano erweiterte ich meinen musikalischen Horizont, während Heinz mir in der Küche eine seiner Spezialmischungen zusammenstellte. Nach Johanns Klavierstunden trat ich Rambo Riedels Jazz-combo bei, die aus mir, dem Flügel im Musiksaal, Riedel und seiner Trompete bestand. Wir übten ein Stück, das wir an der Musikprüfung im Juli vortragen würden. Das Stück hatte keine Noten und hieß natürlich *Rambo's Blues for Peg.*

Im Mai und Juni legte die Apokalypse eine Verschnaufpause ein, aber ich war mir sicher, dass ich nur einen Schritt ins ominöse Draußen zu machen brauchte, um von einem abstürzenden Airbus erschlagen, von einer Flutwelle erfasst oder von einem Heuschreckenschwarm aufgefressen zu werden.

Es war kein Hochseil mehr, auf dem ich ging. Es war jetzt ein dünner Faden, gespannt über eine Grube mit Alligatoren und Giftschlangen, die mich mit leeren Blicken erwarteten.

Demo

Es war Samstag, Anfang Juli 1996, das letzte Wochenende vor den schrecklichen Maturaprüfungen.

Bei Loeb kaufte ich mir ein neues Hemd, eine Thermoskanne, einen Beutel Tee. Ich rief von einer Telefonzelle aus Julian an (der wegen seiner kardiologischen Untersuchung nach Hause gekommen war) und bestellte ihn für elf Uhr an den Bahnhof, wo er am Kiosk auf mich warten sollte.

(»Und wenn du in einen Zug steigst, wenn du nur dran denkst einzusteigen, dann gerbe ich dir das Fell, kapiert?«)

Dann sah ich bei Johann und Heinz an der Burgstraße vorbei.

Johann hockte auf dem Fensterbrett, hatte ein Spiralnotizbuch auf dem Schoß und ließ sich vom Geruch der hochsteigenden Abgase, vom Schlossschatten, vom verhaltenen Vogelsang und von den Demonstranten, die zum Rathaus unterwegs waren, zu Gedichten inspirieren.

»Wie gehts?«, fragte ich ihn.

Er lächelte stolz. »In den letzten sechs Monaten hab ich etwa fünfzehn Disketten vollgetippt.«

»Er macht auf Märchen«, erklärte Heinz, der auf einer durchgelegenen Matratze lag, einen feuchten Waschlappen auf der Stirn hatte und rauchte.

»Liest jemand das Zeug?«

»Nein, aber es schadet ja keinem«, sagte Johann.

»Es gibt Typen, die machen richtig Knete mit Schreiben«, sagte Heinz und erhob sich ächzend. »Sie holen sich wahre Geschichten auf der Gasse und in Todeszellen und verkaufen alles.«

»Wer interessiert sich dafür?«, fragte Johann.

Heinz zuckte die Achseln. »Es gibt Eltern, die sind eben ganz versessen drauf zu erfahren, was aus ihren Kindern geworden ist.«

»Sehr witzig«, sagte ich.

»Warum schreibst du keine Kriminalromane? Irgendwas, das Zaster bringt?«, fragte Heinz.

»Ich weiß auch nicht, warum«, sagte Johann und dachte nach. »Vielleicht, weil mich Morde nervös machen. Vielleicht, weil ich zu dünnhäutig und sensibel bin, dass jemand von mir etwas Brauchbares erwarten dürfte. Ich bin ja kein richtiger Schriftsteller, ich schreibe nur Fantasien aus dem Kopf und verbringe den Tag damit, mir behagliche, heimelige Geschichten auszudenken, mit Geschöpfen drin, wie ich sie haben will: Feen und angesäuselte Zwerge, Lebkuchenherzen. Keine Dilemmas, Krisen, keine Tragödien. Ich habe Tragödien satt, wisst ihr.«

»Das ist in Ordnung, Johnny«, sagte ich. »Bei mir braucht sich keiner dafür zu entschuldigen, dass er nicht in die Tiefe gehen mag. An Jesus' Gang übers Wasser erstaunte mich immer die Oberflächlichkeit.«

Heinz ging in die Küche. »Was darfs sein, Klugscheißer?«, rief er.

»Das übliche Unübliche, schätze ich.«

»Ich hab ein großartiges Rezept von einem Freund aus El Faiyûm, Ägypten.«

»Warum nicht? Und koche Wasser auf.« Ich wandte mich an Johann. »Wenn du vom Fensterbrett kullerst, bringen sie deine Geschichte in der Zeitung. Mit Villa und Stiefvater und allem. Vielleicht drucken sie auch eins deiner Märchen.«

»Ich falle nicht runter. Ich interessiere mich nicht für schwarze tiefe Löcher.« Er grinste. »Habe lange genug über einem geschwebt.«

»War nur ein Scherz, Sonnenkugel.«

»Ich weiß nicht, ob du dich erinnerst, wie du mir gesagt hast, Talent sei nur eine Ausrede … Danke, Franz. Ohne dich …«

Ich gab ihm eine Kopfnuss.

Heinz war aus der Küche zurück. Er reichte mir ein Plastiksäckchen.

»Nimm nicht zu viel aufs Mal«, sagte er. »Es ist wirklich ein ganz spezieller Schitt. Bringt Pyramiden ins Wanken. Es soll Kameltreiber geben, die vor Freude in den Nil springen und Krokodilen hinterher schwimmen.«

Ich nahm die Thermoskanne und ging in die Küche. Ich fragte, wieviel Uhr es sei.

»Kurz vor elf«, kam es zurück. »Du gehst an die Demo?«

»Kannst du mir Geld borgen?«, fragte ich Johann, als ich zurück war.

Er lachte. »Du kannst meine Stereoanlage haben. Das Propellerflugzeug. Was immer du willst.« Er gab mir das Geld.

»Irgendwann geb ichs dir zurück«, versprach ich.

»Ist nicht mein Geld. Es gehört meinen Eltern.«

»Sie bekommens zurück.«

»Schicks lieber einem Waisenhaus. Oder der italienischen Arbeitslosenunterstützung.«

»Bevor ihr zwei die Pinke in den Müllcontainer schmeißt, bewahre ich sie besser für euch auf.«

Johann blinzelte ihn neugierig an: »Eine Frage, Heinz, wie viele Worte für Geld gibt es denn?«

Ich holte Julian am Bahnhof ab, und gemeinsam trafen wir Venezuela beim Sonnenfeld-Spielplatz im Schwäbis, wo sie an einem verwitterten Ausguck die Strickleiter auswechselte. Sie trug wie immer Latzhosen und geschnürte Kampfstiefel. Ein klumpfüßiger Junge hielt sich in ihrem Schatten auf, vielleicht um sich vor den mit Blasrohren bewaffneten Burschen auf dem Klettergerüst zu schützen. An einer Strebe des Klettergerüsts lehnte Venezuelas Transparent für die *Keine-Panzergranaten-mehr-in-Thun*-Demonstration auf dem Rathausplatz. Es war ein weißes, gehälftetes Leintuch, das an zwei Langlaufskier genagelt war. (*Genagelt.* Ich würde viel darum geben, das Gesicht von Bruno Lüthi-Brawand zu sehen, wenn er nächste Allerheiligen in der Garage nach seinen Skiern greift, im Bestreben, auf der schneebedeckten Allmend etwas Wachs liegen zu lassen.)

Julian suchte im Sandkasten nach etwas, das er Venezuela vermachen konnte. Er fand einen sandfrittierten Kaugummi und einen grünen Schnürsenkel, den er mir anbot, weil er dachte, ich wäre ohne Geschenke angerückt. Doch ich hatte die Thermoskanne dabei und eine zusammengefaltete Überraschung in der Brusttasche meines Holzfällerhemds, die ich mir für später aufhob.

Venezuela hatte die Strickleiter eingehängt. Sie packte die Langlaufskier und kam zu Julian und mir herüber, den Jungen mit dem Klumpfuß im Schlepptau. »Ist nett von euch, mich an die Demonstration zu begleiten!«, rief sie.

Ich winkte ab. Demonstrieren sei Bürgerpflicht, erklärte ich. Wenn wir nicht gerade für irgendwelche Maturaprüfungen rumsitzen müssten, demonstrierten wir, Demonstrieren sei sozusagen die Hauptbeschäftigung der Gebrüder Obrist. (Ich log wie der Teufel, und Julian, der den Kopf rauf und runter sausen ließ und nicht damit aufhören konnte, log natürlich auch, aber wir taten es aus Liebe.)

Julian strahlte und überbrachte seine Gaben. Venezuela gab ihm eine Ermutigung auf die Wange, die sich rötete wie Tomatensaft. Ich goss Zitronenmelisse aus der Thermoskanne in einen Becher.

»Tee!« Venezuela lachte ungläubig. Es war viel zu warm für Tee.

Aber ich sagte, ich hätte ihn ohne Beutel gemacht, mit Kanne und Sieb, was sie schließlich überzeugte.

Sie spülte den Tee hinunter, drehte den Schirm der Baseballkappe nach hinten und gab dem klumpfüßigen Jungen den Rat, seinen Widersachern ans Schienbein zu treten. Dann schwang sie sich auf ihr Rad. Julian setzte sich auf meinen Gepäckträger. Wir fuhren los.

Wir segelten die Bernstraße hinab und hielten auf die Innenstadt zu. Venezuela balancierte die Langlaufskier auf der Schulter und fuhr einhändig voerneweg.

Meine Hände auf dem Lenker waren ruhig und die Nägel sauber, und das Rad war ein glänzendes, schnittiges Raumschiff. Julian quetschte sich an meinen Hintern, hatte die Arme um meinen Bauch geschlungen und spielte mit den Knöpfen meines grün-weiß karierten Holzfällerhemds (Geschmack war mein schwächster Muskel).

»Reiß mir nicht die Kleider vom Leib«, rief ich glücklich in den Wind, die Matura und das bevorstehende Nichts am Tag danach für einen Augenblick vergessend.

Am Sternenplatz bogen wir in die Gerberngasse. Ein Lieferwagen der Firma *Expressglas* parkierte am Bürgersteig. Verkehrsampeln blinkten gelb.

Eine Minute später parkierten wir unsere Räder auf dem Rathausplatz. Vor uns: das Rathaus, im Rücken das Gebäude der Stadtpolizei. Der Platz quoll über vor Menschen. Alle waren gekommen, um gegen die Verwendung scharfer Panzermunition auf dem Waffenplatz Thun zu demonstrieren. Sie wedelten mit Transparenten und Plakaten: blasse strenge Studentinnen, aufgewühlte Künstler, ein paar Aarefischer mit grünen Gummistiefeln und Ruten, vermummte Ultras und wettergebräunte Rentner, der Samariterverein, große und schwere Polizisten in Zivil, zwei zierliche koreanische Touristinnen, die wahrscheinlich in den falschen Bus gestiegen waren und statt die Schwäne und Dampfschiffe auf dem Thunersee nun authentisches Brauchtum ablichteten.

Ich hörte eine eifrige Stimme über Lautsprecher. Der Besitzer der Stimme wippte auf einer goldfarbenen Plastikkuh, hielt ein Mikrofon und proklamierte im Wesentlichen: »Nein, nein, nein!«

Die Demonstranten hatten den ganzen Rathausplatz in Beschlag genommen und standen herum, plauderten oder lehnten sich gegen die Abschrankungen. Schwarz eingekleidete Männer mit Sprechfunkgeräten und Polizisten mit Visieren standen hinter der Abschrankung.

»Gute Stimmung«, sagte Venezuela und entfaltete ihr Transparent. Sie stieß den einen Ski gegen den Himmel und ich den anderen. Das Leintuch spannte sich. *Stop the army* in riesigen roten Lettern. Wir marschierten im Zeitlupentempo den Platz hinab. Julian zottelte zufrieden hinter Venezuela her. Wir steuerten auf das Rathaus zu, quetschten uns durch die Massen, ohne Ärger zu suchen, sondern in der friedlichen Absicht, die heute alle miteinander verband, für eine weniger furchteinflößende Welt einzustehen. Weniger Munition in Thun, und wenn wir schon dabei waren: weniger atomare Sprengköpfe auf Mururoa, keine Bomben auf Sarajevo. In Wirklichkeit kannte ich mich natürlich weder urban noch kosmopolitisch aus. In Thun war Venezuela zuständig für Politik und Gerechtigkeit. Ich war einer dieser Kamikaze, die denken, ein wenig ungerechte Behandlung stärke das Rückgrat. Außer Venezuela war mir niemand bekannt, der von sich behauptete, auf Kühltürme geklettert zu sein, und alles, was ich von Politik wusste, hatte ich im Thuner Tagblatt gelesen, bevor ich Julian einen Papierhut faltete oder ein Feuer im Kamin anfachte. Peggy hatte recht: Ich war ein ungeheuerlich zurückgebliebener Junge. Mir genügte es, neben Venezuela herzugehen, sie verstohlen aus den Augenwinkeln zu betrachten und gemeinsam mit ihr Langlaufskier über einen Platz zu tragen.

»Meine Nerven, ich sags euch!«, sagte Venezuela. »In zwei Monaten hab ich fünf Kilo abgenommen. Wenn ich mich aufrege, nehme ich ab. Diese verteufelte Armee! Ballern die doch tatsächlich in die Aare! Ich weiß nicht, ob ihr die Stelle kennt, ein steinaltes Naturschutzgebiet, gleich nach Kiesen. Der Fluss ist nicht ganz echt, korrigiert, das stimmt schon, aber ist das ein Grund, die Zone in die Luft zu jagen? Fischreiher und Schilf und Froschlaich. Aber das Militär kann ja machen, was es will. Die nehmen ein paar Knaben, malen sie bunt an, stecken sie in einen spitzen Panzer und lassen sie im Kreis rumknattern, bis die Burschen nicht mehr rechts von links unterscheiden können und ausflippen und eine Granate loswerden, die über Wohngebiete fliegt, jawohl, und dann explodiert sie mitten in der Aare, um den Fischen so tüchtig das Baden zu vergraulen. Wie wärs, wenn wir eine Parole durchgeben würden?«

Die Koreanerinnen umlagerten die Plastikkuh und fotografierten den Mann mit der Stimme, der rittlings auf der Kuh ruhte und vorübergehend schwieg. Zwei Ultras überhäuften einen Soldaten mit den wüstesten berndeutschen Schimpfwörtern.

»Hab was im Hals. Sollte nicht laut herumschreien«, sagte ich, politisch neutral. Ich schickte Julian zum Zelt des Organisationskomitees, und er kam mit zwei Flaschen Hanfbier zurück.

»Einen echt guten Aufräumer-Job haben sie hingelegt im Naturschutzreservat«, fuhr Venezuela fort. »Grün und blau hab ich mich geärgert, mit dem trommelfeuergeschädigten Waffenplatzkommandanten hab ich telefoniert, in den Hörer gebrüllt hab ich, und Briefe hab ich abgefasst an den Schweizerischen Bund für Naturschutz und den europäischen Gerichtshof für Menschenrechte, und wenn ich keinen Rachefeldzug gestartet hab, dann nur aus Rücksicht vor den Engeln des Herrn. Na, das hab ich aber gelernt, so ein kleiner Panzergrenadier ist gefährlicher als Neuenschwanders gesamte Sippschaft in angetrunkenem Zustand. Wo hast du denn das her?« Venezuela war im Gedränge näher zu mir gerutscht. Das Transparent hing durch. Wir blieben stehen, bis sich eine Möglichkeit ergab, weiter Richtung Rathaus zu marschieren.

»Das da?« Ich fasste nach dem Nichtraucherabzeichen

am Hemd. »Das trage ich zu Hause zur Beruhigung. Mutter hats mit den Nerven.«

Der beschimpfte Soldat verwirrte die beiden Ultras mit einem Schwall verfassungsrechtlicher Bestimmungen. Die Ultras begannen, fachmännisch die Pflastersteine des Platzes abzuklopfen. Die Polizisten in Zivil verharrten breitbeinig und schwitzten sich mit unbewegten Gesichtern die Zweireiher voll. Ich bekam nicht alles mit, was sich auf dem Platz abspielte, versuchte aber, so viel wie möglich mitzubekommen, falls mich jemand (zum Beispiel Peggy) später fragen sollte, ob ich wirklich an der Demonstration mitgelaufen sei: an der berühmten Demonstration mit Tränengas und Wasserwerfern und halbstündigem Bericht in der Tagesschau. Das hieße Entwicklung!

»Es war mutig von dir, neu anzufangen«, sagte ich, um das Gespräch mit Venezuela nicht abreißen zu lassen. Der Platz stank vor Menschen. Ich rempelte sie unabsichtlich, nachdem jemand mich gerempelt hatte.

»Ich finde nicht, dass es viel Mut braucht, sich etwas Ungefährliches auszusuchen. Es ist leichter, auf einem Kinderspielplatz neu anzufangen, als in einer Abbruchfirma vorwärtszukommen«, sagte Venezuela kurz. Die Ballonfahrt war noch kein Jahr her. Wahrscheinlich gab es noch immer Tage, an denen sie allein auf der Seewiese lag, die Schwäne mit ausgerupftem Gras neckte und sich überfallartig fragte, was das Leben ausmacht. Fragen, die ich natürlich verdrängte. Als ich sicher war, dass sie es im Gedränge nicht bemerken würde, beugte ich mich vor und drückte ihr

218

einen Kuss auf die Schulter. Das Transparent wehte leicht im warmen Wind, und wir setzten unseren Gang fort.

Zehn Minuten später standen wir der Abschrankung und den Polizisten vor dem Rathaus gegenüber, an unserem Ziel angekommen. Wir rollten das Transparent zusammen, ließen uns auf dem Pflaster nieder (Venezuela in der Mitte, Julian und ich wie Leibwächter an ihren Flanken), wir lehnten uns an die Abschrankung, leerten Hanfbier und markierten Unbeugsamkeit.

Plötzlich tauchte ein Wagen in der Menge auf und arbeitete sich im Schritttempo zum Rathaus vor: ein cremefarbener schillernder Bentley mit Weißwandreifen und Schiebedach. Die Polizisten mit Walkie-Talkies öffneten die Abschrankung und ließen die Limousine passieren. Ich musste mich auf die Zehenspitzen stellen, um über die Köpfe der Demonstranten hinwegzusehen. Ein kleiner, stämmiger, glatzköpfiger Mann mit Attachékoffer warf gründlich die Tür zu. »Der Regierungsstatthalter«, stellte Venezuela fest. Das war also Johanns Stiefvater. Immer auf Zack. Ich stellte ihn mir vor, wie er in einem menschenleeren Flügel seiner Villa in Oberhofen die Büste seines Ururgroßvaters salutierte, und wie er sich im Dunkeln, wenn keiner ihn hören und sehen konnte, winselnd zwischen den Zehen rieb. Er eilte ins Rathaus.

»Was für ein Finsterling, puh!«, machte Venezuela. »Aber eine famose Kutsche fährt er, also wenn du mich fragst ...« Sie äugte zum Bentley, oder was davon durch die Beine der Demonstranten und die Stäbe der Abschrankung zu sehen war. »Ich muss sagen, diese weißen Reifen sind schon hübsch.« Sie bemerkte meinen verwunderten Blick. »Ich bin ja auch gegen Auffahrunfälle und Kohlendioxyd und … nur …« Sie reckte wieder den Hals und biss sich auf die Lippen. »Ich weiß genau, dass du mich anstarrst, Franz.« Dann, wütend auf sich selbst: »Na schön, verdammt, ich krieg ein Kribbeln bloß vom Hinschauen.« Sie rieb sich die Nase. »Sag mal, Franz, wie gut kannst du mit einem Auto umgehen?«

»Weshalb interessieren sich alle Mädchen plötzlich für Autos?«

»Ach, ich stell mir das ganz nett vor. Schlüssel umdrehen, rumkuppeln, Gang einschalten, Gas geben und irgendwohin fahren und irgendwas auftun.«

»Spazier!«, pflichtete Julian bei. Er hätte Venezuela vom Fleck weg geheiratet, das steht fest.

»Daheim bleiben ist auch ganz nett«, murrte ich und schob mir vorsichtig Venezuelas Transparent unter den Hintern, die Nägel an den Skiern meidend. Wahrscheinlich hätte sogar Julian gemerkt, dass mir etwas Sorgen machte. Aber er war mit einer Coladose beschäftigt, die ihm ein Polizist hinter der Abschrankung besorgt hatte. (Ich fragte mich einige Sekunden, wogegen wir eigentlich demonstrierten, wenn scheinbar alle auf unserer Seite waren.)

Venezuela sah mich eindringlich an. »Raus mit der Sprache, Franz. Was bedrückt dich?«

Die Menge skandierte ökosoziale Slogans. Die Koreanerinnen brachten ihre Fotoapparate in Stellung.

Venezuelas Augen fixierten mich immer noch. Ich holte eine Zigarette heraus, steckte sie mir in den Mund und zündete sie an. Ich sagte: »Diese Zigarette, sieh nur: Sie verglimmt, geht in Rauch auf, verbrennt. Und unter all diesem Verschwinden, diesem erbärmlichen Davonschleichen, da sitzen wir armen Gestalten und verglimmen ebenso. Wir sind wie diese Zigarette, nur dass wir Beine haben. Einmal erlahmen, und schon hat uns einer zwischen den Lippen und angesteckt. Es wär gut, nicht zu erlahmen. Es wär schön, davonzukommen.«

»Na, ich bin jedenfalls keine Zigarette«, sagte Venezuela. »Welch ein Blödsinn.«

»Was soll ich hier draußen?«, seufzte ich kläglich. Die Vorstellung, in ein paar Tagen aufzuwachen und erwachsen (nützlich, verlässlich, abgebrüht, tatkräftig, unnachgiebig, weltweit operierend, verdienstvoll, blutrünstig, qualifiziert, selbstbestimmt, abgewogen, an allen möglichen Stellen rasiert, kreditwürdig, unersetzlich, robust, ein stromlinienförmiges Stück Autobahn) sein zu müssen, machte mich ganz krank.

Dann fragte Venezuela, wen David erledigt habe.

Ich sagte, ich wüsste es nicht, ich würde keinen David kennen.

»David, der Jude aus Jerusalem«, erklärte sie. »Mit der Schleuder. Wen hat er untergekriegt?«

»Himmel, Venezuela, woher soll ich das wissen?«

»Aber du weißt es doch, oder?«

»Was für eine Schleuder?«, fragte ich.

»Mit einem Stein drauf.«

»Ich weiß nicht, wen er untergekriegt hat«, sagte ich. »Wen hat er denn untergekriegt?«

»Na, seine Furcht!«

»Aha.«

»Franz, verflucht, das Leben ist ein Wagnis oder gar nichts!«

»Dabei hattest du selber mal ganz schön die Hosen voll«, entgegnete ich. »Von wegen Kugeln, die sich tummeln und so. Du hast ein Testament …«

»Ich habs zerrissen.« Sie blinzelte mich an, und plötzlich fiel ein Lächeln zu Boden. Dies hätte meine Nebenniere zum Anlass nehmen können, Adrenalin auszuschütten, und das tat sie dann. Doch statt Venezuela schonungslos zu küssen, rückte ich von ihr ab und sammelte Impressionen der weiteren Umgebung, was natürlich viel wichtiger war. Viel, viel wichtiger. Es war nicht die Art Liebesgeschichte, die meinen Abstieg hätte aufhalten können.

Jemand im Rathaus öffnete ein Fenster und lehnte sich über die Brüstung, die Arme auf und nieder senkend, als wolle er das anhebende Gepfeife und die Buhrufe der Demonstranten eindämmen. Es war der Regierungsstatthalter. Er kam nicht dazu, ein paar Worte an die Menge zu richten. Die beiden Ultras hatten mit bloßen Händen Pflastersteine aus dem Platz gekratzt und warfen sie nun gegen den Regierungsstatthalter, der sofort das Fenster zuwarf und sich dort drinnen wahrscheinlich flach auf den Boden legte. Die Scheibe klirrte.

»Das Zeichen ist gesetzt«, sagte Venezuela kühl. Sie stand auf und zog mir die Langlaufskier unterm Hintern weg. Ich erhob mich ebenfalls. Julian wartete abseits auf uns. Die Polizisten in Zivil umstellten die Ultras und nahmen sie fest. Der Mann auf der Plastikkuh forderte die Menge auf, keinen Schaden anzurichten. Der *Expressglas*-Lieferwagen schneckte sich hupend Richtung Rathaus.

Ich musste mich beeilen, um Venezuela und Julian im Gedränge nicht zu verlieren. Ich fragte Venezuela: »Denkst du, man wird mit der Demo etwas bewirken?«

Sie blieb abrupt stehen und sah mich ernst an. »Ich war noch ein Kind, als mein Vater sagte: Nebel brennt.«

»Nebel was?«

»Nebel brennt. Ich habs ihm geglaubt.« Sie ging weiter.

Ich dachte angestrengt darüber nach. Was Venezuela nicht gemeint haben konnte, was mir aber dazu einfiel: Ein Mensch allein macht keinen Sinn; es braucht schon zwei davon.

Ich benutzte meine Ellbogen, um Venezuela einzuholen. Ich hielt sie am Arm fest. Sie wandte sich um und blickte mich erwartungsvoll an. Meine zweite Chance. Ich hätte die kleine Überraschung aus meiner Brusttasche nehmen und sagen müssen: »Seestern – ich hab hier einen Hunderter, den ich mit Julian und dir an irgendeinem Ort außer in Romanshorn durchbringen möchte, und du musst mitkommen und aufpassen, dass mir Julian nicht durchbrennt. Umarme mich.«

Ich sagte nur: »Nebel brennt? Tatsächlich?«

Venezuela hätte mich zweifellos geohrfeigt, wenn ich nicht auf die Idee gekommen wäre, mir selber eine zu scheuern.

Der violette Tunnel

Meine Aufmerksamkeit richtete sich jetzt ganz auf die Maturaprüfungen.

Peggy sagte: »Franz! Versaus nicht, ich habe zehn Mäuse auf dich gesetzt!«

Riedel murrte: »Wir schaffen das, jede Erdbeere schafft diese Prüfungen.«

Aber die Schwierigkeit bestand nicht darin, genügende Zensuren zu schreiben, sondern darin, sich ein Gelingen (den Tag danach) vorstellen zu können.

»Jesus Christus, sprich mit uns, Franz, sprich!«

»Okay. Mutter, Vater, ich habe das Gefühl, dass … dass die Dinge durcheinandergeraten … dass der Sandbau bröckelt …«

Der Vater würde sich am Arm kratzen und sagen: »Muttchen, Gefühle sind für dich. In Gefühlen kennst du dich aus.«

Die Mutter würde sich die Hände über dem Kopf zusammenschlagen und jammern: »Ich weiß es! Drogen! Es sind die Drogen!«

Ich erzählte den Eltern nichts von meinen Sorgen. Ich konnte genauso gut Sterne in einen Sack packen.

»Die Welt ist eine Blume«, sagte Johann, der Dichter. »Sei Optimist! Pessimisten sterben länger.«

Aber ich sank. Man glaubt, man stoße auf Grund, aber es geht immer tiefer.

Ich hatte noch etwas Zeit, bevors mit Englisch mündlich losgehen würde. (Wullschleger und ich waren einander in der Oberprima nicht mehr in die Quere gekommen. Ich hatte die Hand nie hochgestreckt, und er hatte mich nie aufgerufen. Ich hatte seine Tests geschrieben, und er hatte mir kommentarlos Zensuren ausgestellt. Englisch war immer noch mein schwächstes Fach, aber ich war zwei Semester ohne Ermahnung geblieben.)

Ich verdrückte mich auf die Toilette, schloss mich in meiner Lieblingskabine ein, rollte die Hose herunter, hörte Rambo Riedel stöhnend und ächzend eine Kabine weiter sein Geschäft erledigen. Er qualmte eine Zigarette, um sich die Nervosität zu vertreiben. Ich hatte die ganze Nacht kein Auge zugetan. Jetzt döste ich auf der Schüssel ein und wachte erst auf, als ein Rudel Terzianer oder Sekundaner auf die Toilette patschte und ins Urinal zielte. Riedel fühlte sich in seiner Arbeit gestört und warf eine Scheißpapierrolle über die Kabinentür ins Geschnatter. Dann klopfte er an die Zwischenwand und begann sich mit mir zu unterhalten.

»Franz, ich beherrsche jetzt die verdammte Rechenmaschine«, bemerkte er mit Genugtuung.

»Bist du da ganz sicher?«

»Mann, die verdammte Maschine spuckt mir vom Mittelwert bis zum Infinitesimalen alles raus, was ich haben will!«

»Du musst dir klar darüber sein, Rambo, dass das Gymnasium sehr viel Mühe und Arbeit in deine Bildung gesteckt hat. Es bleibt zu hoffen, dass die Rechenmaschine nicht mitten in der Prüfung den Geist aufgibt.«

»Keine Sorge, die Fotze ist bereit!«

Ich hätte Riedel auf die mächtige Schulter geklopft, aber die Wand war dazwischen. »Dann lass dich nicht aufhalten, Blutsbruder, und viel Glück.«

»Vielen Dank, Latte!«, rief er fröhlich.

Allmählich wurde mir die Scheißerei zu viel. Es war mir nicht wohl, einfach nur dazusitzen und die Ereignisse aus mir herausbrechen zu lassen. Ich baute mir aus Heinz Wegenasts Kameltreibermischung eine Tüte. Es war eine gewaltige Tüte, sie war über meinen Arm hinaus gebaut. Ich füllte meine Lungen, das Tetrahydrocannabinol und diverse Zusatzstoffe breiteten sich in mir aus und setzten sich fest. Ich hörte Rambos Gesumme sich entfernen und ich fühlte, wie sich meine Verzweiflung zurückstahl, Zug um Zug, wie sie mir abhanden kam, wie sie mich verließ. Ich schloss die Augen, glitt langsam durch den violetten Tunnel und kam am anderen Ende heraus – im Traumdepartement – und dann wanderte ich auf einem Regenbogen über den Ozean. Eryilmaz ernannte mich zum ersten Regenbogenmaler. Er drückte mir einen monströsen Pinsel in die Hand, und ich begann den Regenbogen anzupinseln, gelb und rot und grün, und ich trat auf meinen Schatten, glitt aus, kippte vom Regenbogen, trudelte wie ein vermurkster Helikopter vom Himmel, krachte mit einem grässlichen Rabatz in den Taubenverhau auf dem Dach des Würfels und vergrub die Hände in den Taschen, weil ich die Sache so schlecht gemacht hatte. Vor lauter Missfallen über die ganze Angelegenheit kickte ich meinen Schatten, der mich zum Absturz gebracht hatte, so weit weg, dass mein Knie aus den Angeln sprang. Eine Ewigkeit saß ich im Kies auf dem Dach des Würfels und versuchte mich an den Gedanken zu gewöhnen, fortan das Leben eines gescheiterten Regenbogenmalers zu führen, als Julian plötzlich mit einem Panzer vorfuhr. Er schwenkte den Panzerturm und brüllte, ich solle aufsteigen, und ich bohrte mich durch den Würfel und weiter durch den Hauptausgang. Johann hing sonnengleich am Himmel. Auf dem Parkplatz des Schadausaals kletterten Venezuela und der Regierungsstatthalter auf die Motorhaube des Bentleys und hielten lodernde Fackeln empor. Doro Apfel lief um den Wagen herum und mumifizierte diesen mit Klopapier. Ich sprang auf den Panzer (AMX-Panzer 51, französisches Modell, 15 Tonnen, zwei Liter Benzin auf einen Kilometer), Julian fuhr los und mit fünfzig Stundenkilometern lärmten wir über die Seestraße und hinterließen Kettenspuren im Asphalt. Julian brüllte die verstörten Autofahrer an.

»Weg! Platz!«

Die Wagen wichen aus, fuhren zur Seite und hielten an. Julians Kopf schaute aus der Fahrerluke, den Sturzhelm auf, den Lederriemen unter dem Kinn offen. Ich hockte auf dem

Kommandoturm, hielt mich am Maschinengewehr fest (Panzer-MG 31, Gasdrucklader Kaliber 7,5 mm) und versuchte gleichzeitig die Daumen in die Ohren zu stopfen. Wir kesselten am Schadaupark vorbei, am Bahnhof, preschten über die Geranien auf dem Maulbeerplatz und hielten auf die Innenstadt zu.

»Was hast du vor, Bruderherz?«, schrie ich.

Polizeisirenen heulten auf, Leute verzogen sich in die Haus- und Ladeneingänge und zweifelten an ihren Sinnesorganen.

»Dampf unter Hintern!«, antwortete Julian und bog nach links ins Obere Bälliz, wo Polizisten mit Lautsprechern und Signalstäben die Leute aufmischten und Tränengasgewehre in Anschlag brachten.

»Was meinst du mit Dampf?!«, schrie ich.

»Kopf Einzug, Franz! Wir ballern Schloss!«

»Du willst aufs Schloss schießen? Aufs Thuner Schloss?!«

Der Panzer knatterte und dröhnte. Julian drosselte das Tempo und suchte sich auf dem Waisenhausplatz eine Stelle, von wo er das Schloss auf dem Schlossberg anpeilen konnte. Die Polizisten schossen Tränengasgranaten, blieben auf Distanz.

»Ohr zu!«, schrie Julian.

»Du kannst nicht aufs Schloss schießen! Das ist ein historisches Denkmal! Da sind japanische Touristen drin! Der Burgherr!«, schrie ich verzweifelt und rieb mir die tränenden Augen.

»Scheiß Japan! Wichs Burg! Wir jagen Schloss, heißa!«

»Himmel Arsch, Julian! Tu mir das nicht an!«

»Ohr zu!«

Ich machte mich klein, berührte mit der Nase meine Knie. Julian schwenkte den Panzerturm und schoss.

Das Detonationsgeräusch übertönte das Zähnegeklapper am Mittagstisch im Steffisburger Altersheim, und alle sprangen erschrocken auf. Der 88-jährige Grenzwacht-Veteran Bindschädler warf die Gardinen zurück, um nachzusehen, was das für ein Lärm gewesen war, dann lief er mit allen, die noch laufen konnten, auf die Veranda hinaus, blickte zum Schlossberg, der in Flammen stand, und gewahrte durch den Rauch ein zerborstenes, zerfasertes Etwas, das einst das Zähringer-Schloss gewesen war.

»Der Adolf«, raunte Bindschädler und schüttelte den Kopf. »Jetzt holt der sich doch tatsächlich noch die Alpen nach Braunschweig.«

Jemand klopfte an die Kabinentür. Klopfte und klopfte. Ich fand aus dem Tunnel zurück.

»Teufel!«, sagte ich, »hol mich der Teufel!«

Ich saß stramm wie ein General und wagte mich nicht zu rühren. Ich fühlte den Puls in meiner Schläfe pochen.

Ich hörte Rambo Riedels Stimme. »Du solltest langsam Schluss machen, drück die Spülung.«

Durch den Mund atmete ich tief ein und aus. Ob ich das gewollt hatte? Ob ich schon früher je so tief gekifft hatte, ohne zur Ausgangsposition zurückzufinden?

»Rambo …!«, rief ich. »Trete das Gaspedal bis zum Boden

durch! Ich lass den Würfel fallen … Zur Hölle mit Thun! Und wenn wir alle dabei draufgehen! Nebel brennt!«

»Schon gut, Kleiner, komm jetzt raus, wir haben heute noch was vor.«

Ich ließ den Tütenstummel ins blaubraune Wasser fallen, erhob mich, kurbelte die Hose übers Gesäß, spülte, strich das Hemd glatt, platzierte das Nichtraucherabzeichen (meine Tapferkeitsmedaille) genau über der Brust, spannte das Rückgrat, schloss die Klotür auf, riss die Tür samt Rahmen mit mir, und der Türrahmen die ganze restliche Wand.

Feierabend

Die mündlichen und schriftlichen Prüfungen begannen am Montag um acht und endeten am Freitag um zwölf. Um fünf nach zwölf legte ich mich in den Holunder und bedachte meine Lage.

Hatte ich mir nicht gewünscht, lebenslang Gymnasiast zu bleiben?

Wenns am Ende nicht klappte, dann nicht wegen der Schwierigkeit des Vorhabens (je höher die Hürde, desto leichter schlüpft man unten durch), sondern wegen jener Überdosis THC auf meinem Lieblingsklo.

»Dieses Kraut, das du in dich reinpumpst, was glaubst du, richtet das in dir an?«

Jetzt weiß ichs, Besenmann. Es kostet mich mein Paradies.

Während der Maturafeierlichkeiten (versammelte Truppe und Reden im Schadausaal) verzog ich mich in die Stadt, um Frau Apfel ein Abschiedsgeschenk zu kaufen. Es musste etwas Großes sein, denn auch ihr Leid war groß. Nachdem Rambo Riedel und ich die Prüfungen bestanden hatten, würde sie als Krankenschwester ziemlich vereinsamen.

Vielleicht würde der Erste-Hilfe-Raum mangels Nachfrage sogar geschlossen werden müssen.

Als ausgesprochen hell möchte ich mich nicht bezeichnen. Statt Frau Apfel einen Blumenstrauß, steriles Verbandszeug oder ein Säckchen Dörrfrüchte zu besorgen, ging ich in eine Buchhandlung im Bälliz und folgte einem Einfall. Ich streifte durch die Gesundheits-Abteilung und fing an, Bücher aus den Regalen zu greifen, Stretching, Ayurveda, homöopatische Chirurgie, Saftkur, Ohrläppchen-, Fußreflexzonenmassage … Ich hatte mehr Bücher unterm Arm, als in einem Schädel Platz finden.

Als die Prorektorin nach geleisteter Öffentlichkeitsarbeit (Hände schütteln, Maturanden das Du anbieten, Sekt trinken) in ihr Büro zurückkam, hatte ich die Hälfte gelesen (ich las schnell, wenns drauf ankam). Grifftechniken bei Verspannung, und die ganze Geschichte der selbstheilenden Kräfte.

»Franz! Was haben Sie in meinem Büro zu suchen?«, fragte sie verwundert.

»Ich möchte Ihnen auf Wiedersehen sagen.«

Ich warf einen wehmütigen Blick hinaus auf den Pausenhof. Ich dachte an die zerschlagene Hand, Frau Brunisholz' Gekritzel, die blutende Nase. »Manchmal frage ich mich: War es sehr schwierig für Sie, mit mir Geduld zu haben?«

Sie machte eine wegwerfende Handbewegung. »Unsinn, Franz. Unsinn.«

Ich sah sie traurig an, aber nicht, weil ich sie ärgern

wollte, und leise sagte ich: »Ich werde Sie vermissen, Frau Apfel.«

Sie flüchtete sich hinter den Schreibtisch und schlug ein Aktenmäppchen auf. Gefühlvolle Szenen waren ihr augenscheinlich zu viel der Ausgelassenheit. »Auf Wiedersehen, Franz. Alles Gute.« Sie presste die Worte heraus, ohne aufzusehen.

Ich war noch nicht fertig. »Frau Apfel? Wissen Sie, was das Wort Feierabend bedeutet?«

Sie hob verwirrt den Kopf. »Natürlich weiß ich das.«

»Also, was bedeutet es?«

Sie lachte. »Nach Hause gehen, Teewasser aufbrühen und sich vom Bett aus einen Krimi anschauen. Franz, was soll die Frage?«

»Ich wundere mich nur, woher Sie das Wort kennen.« Ich kramte die Bücher aus dem Plastiksack hervor. Mit der schonenden, gütigen Stimme eines alten Freundes sagte ich: »Frau Apfel, ich habe Ihnen diese Bücher mitgebracht. Zum Abschied.«

Sie las argwöhnisch die Titel. »Und was soll ich damit?«

»Sie sollen das lesen, denke ich.«

»Weswegen?«

»Ja, leiden Sie unter keinerlei Beschwerden? Leiden Sie nicht unter Stress? Verspanntheit? Rauem Hals? Haben Sie denn keine Schlaf-, Konzentrations-, Verdauungsprobleme?«

Sie schrie, dass sich ihre Stimme überschlug: »Franz! Ich möchte, dass Sie diese Bücher aus diesem Zimmer entfernen und Sie gleich mit! Ich gebe Ihnen drei Sekunden!«

Ich musste es einfach tun. Es war meine Pflicht. Auch wenn Frau Apfel nie wieder ein Wort mit mir sprechen sollte. Ich warf mich unter den Schreibtisch und packte sie an den Knöcheln. Sie fiel in den Sessel zurück. Ich riss ihr den rechten Stöckelschuh vom Fuß.

»Franz!« Sie strampelte und versuchte sich zu befreien.

»Sie werden staunen, Frau Apfel! Nur ein Augenblick!«

»Was erlauben Sie sich!«

Ich griff mir ihren Fuß und drückte auf die Stelle, die mir in diesem Buch – Techniken der Selbstheilung – so eingeleuchtet hatte. Ich drückte und drückte. Frau Apfel wehrte sich. Schlug aus. Ihr linker Stöckelschuh streifte meine Schläfe. Ich ließ mich von ihrer groben Kritik nicht aufhalten. Kritiker bekommen keine Denkmäler. Ich drückte weiter.

»Die Sterne wachen über uns, Frau Apfel!«

»Franz! Sie lassen sofort meinen Fuß los!«

Ich kroch unter dem Schreibtisch hervor.

Frau Apfel fixierte mich böse, kochte, bebte, dann, auf einen Schlag, erstarrte sie.

»Was haben Sie gemacht, Franz?« Sie erbleichte. »Was haben Sie nur gemacht?«

Einen kurzen Augenblick sagte niemand ein Wort. Dann.

»Um Gottes willen!«

Sie sprang auf und raste zur Tür.

Ich versperrte ihr armfuchtelnd den Weg. »Die Toilette ist zu weit weg, Frau Apfel! Gehen Sie in den Erste-Hilfe-Raum!«

»Um Gottes willen!«, kreischte sie und rannte durch die Verbindungstür zum Erste-Hilfe-Raum.

»Den Papierkorb! Benützen Sie den Papierkorb!«, rief ich ihr nach.

Ich hörte, wie sie am Reißverschluss herummachte, und dann hörte ich die eigentümlichen Geräusche privater Geschäfte.

»Das ist furchtbar!«, schrie sie verzweifelt.

»Ist es nicht, Frau Apfel!« rief ich, mein ganzes Herz aufbietend. »Es ist gut, wenn Sie wieder scheißen, Frau Apfel! Sie haben lange genug durchgehalten! Wissen Sie was, Frau Apfel? Jeder scheißt! Jeder Ihrer Philosophen scheißt, Aristoteles hat geschissen und wird es wieder tun! So erwachsen ist keiner, dass er nicht mehr scheißen müsste!«

»Um Gottes willen!«

»Scheißen gehört zum Leben wie Strom zur Glühbirne, Frau Apfel! Scheißen ist das Zentrum der Welt!« Ich konnte nicht aufhören. »Sie können den sonnigsten Tag haben, Sie können den wundervollsten Job haben, aber das nützt Ihnen überhaupt nichts, wenn der Darm klemmt!«

»Ich mache in einen Papierkorb!«

»Keine Grenzen, Frau Apfel, keine Grenzen! Scheißen Sie hemmungslos! Warum sollten Sie nicht scheißen, Frau Apfel? Tiere scheißen. Pflanzen auch – ihre Scheiße *atmen* wir, Frau Apfel! Sie sind zu verspannt!«

»Franz! Gehen Sie vor die Tür! Erschießen Sie alle, die hereinkommen wollen! Oh!«

Ich ging hinaus und bewachte die Tür. Frau Apfel saß den ganzen Nachmittag auf diesem Papierkorb.

Als ich sicher war, dass Doro Apfel ohne mich zurechtkommen würde, packte ich meine Sachen zusammen, sagte den Kameraden A bis Z Lebwohl, ging in die Einstellhalle und schmiss die Bücher, Notizhefte und Skripte in die hintere Ecke. »Das ist für euch, Mäuse«, sagte ich. »Ich habe mir daran die Zähne ausgebissen, jetzt seid ihr an der Reihe.« Ich schob das Rad die Rampe hoch.

Oben stand Rambo Riedel mit einer Flasche Sekt.

»Was ist denn mit dir los?« fragte ich ihn. Er machte das Gesicht eines Friedhofsgärtners.

»Ich halt nichts davon auszurücken«, gestand er. »Hab doch nicht geglaubt, dass ich durch die Prüfungen komme. Am liebsten wär mir, sie würden mich ins Gefängnis stecken oder mir gleich den Kopf abschneiden.«

Ich wusste, was er meinte. Und ob ich das wusste. »Deinen Kopf kannst du behalten. Ich glaube nicht, dass einer mit dir tauschen will.«

»Das ist gut«, sagte er und reichte mir den Sekt. Es war richtiger alkoholhaltiger Sekt, und die Flasche war leer. »Draußen kann man nicht einfach alles abschreiben, was?«

»Ich denke nicht.«

»Dann krieg ich keine Stellung. Was mach ich denn da?«

»Kerle wie du gehen zu einem Sicherheitsdienst oder eröffnen einen Parkplatz oder graben einen Eisenbahntunnel unter dem Atlantik durch.«

Riedel grinste traurig. »Das wirds sein. Was wird aus dir?«

»Ich weiß nicht«, sagte ich. »Vielleicht erhalte ich einen Telefonjob bei der Dargebotenen Hand, wo Maturanden über Natel anrufen, die auf der Dachkante des Würfels stehen und Schwindel entwickeln. Aber wahrscheinlich wäre ich nicht schnell genug, um ihnen ein Sprungtuch hinzuwerfen.«

Wir reichten uns die Hand. Wir wünschten uns Glück und ein langes Leben.

Und das wars.

Ich radelte los, ohne einen Blick zurück, weil ich kein besonders guter Radfahrer war und weil ich die Augen voll Wasser hatte und kaum den Lenker vor mir sah.

Wildbahn

Der Tag danach. Der prächtige cremefarbene Bentley rollte am Robinsonspielplatz vorbei, machte eine Kehrtwende, und Venezuela, die Kinder eine Kletterwand hochjagte, brauchte einige Sekunden, um zu begreifen, dass ich am Steuer saß, meinen Bruder auf dem Rücksitz. »Venzle Venzle Venzle Venzle Venzle!«, gellte Julian aus dem Fenster.

Venezuela ließ einen Burschen fallen und sprang aus dem Sand. Ich fuhr langsam weiter, ohne anzuhalten, weil ich befürchtete, den Motor abzuwürgen. Ich lehnte mich zur Beifahrertür hinüber, stieß sie auf und warf MC den Dachs zu Julian auf den Rücksitz. Venezuela sprintete hinter dem Wagen her, holte ihn ein und zwängte sich auf den Sitz neben mich.

»Wir möchten ausfliegen und dir in Bern was kaufen«, sagte ich. »Eine Korallenkette oder sonst was.«

Sie zog die Tür zu und rückte die vom Laufen verrutschte Baseballkappe zurecht. »Okay, Pistolero«, sagte sie leise, durch die blitzblanke Windschutzscheibe blickend, um ihre Aufregung zu verbergen, »dann mal raus aus dem Kaff.« Sie kurbelte das Fenster herunter, hielt den Ellbogen in den lauen Wind und strahlte.

Wir fuhren die Mattenstraße entlang, am Schorenfriedhof vorbei und Richtung Bundeshauptstadt. Ich musste an Eryilmaz denken. Ich hoffte, er sei mit mir zufrieden. Ich war an der Decke gegangen und oben geblieben. Vielleicht gab es am Ende nicht genug goldene Füllfederhalter. Vielleicht hätte er gern gesehen, wie ich die schwarzen Punkte noch kapiert hätte. Wahrscheinlich war er einfach froh, den Franz da durchgeprügelt zu haben. Besenmann, wem immer du gerade Mores lehrst, hebe den Flachmann und trink auf mein Wohl.

Wegen jeder Kleinigkeit beugte sich Venezuela aus dem Fenster, die linke Faust gegen das Handschuhfach gepresst; sie kaute am rechten Daumennagel und brachte kein Wort heraus. Julian hopste auf dem Rücksitz hin und her und fand auf der Ablage unter der Heckscheibe einen knallroten Schal, der wahrscheinlich Johanns Mutter gehörte. Er knüpfte den Schal MC dem Dachs um den Hals, damit er sich im Zugwind nicht erkältete. Ich mied die Autobahn, und in Mühlethurnen wechselte ich von der Landstraße auf ungeteerte Zufahrtswege, um näher an den Bauernhäusern vorbeizufahren – den Bauernhäusern mit breiten Schindeldächern, Lauben und gemischtrassigen Kötern, ein Ohr spitz, das zweite lasch. Es roch nach Jauche. Zerfurchte Felder dörrten unter der senkrechten Sonne aus, auf der Motorhaube eines verbeulten Datsun wetzte sich ein weißes Leghorn die Krallen. Rindviehställe und Maschinenschuppen, Futtersilos und Miststöcke, dann der Duft von süßem Pfeifentabak, der feuchtem Heu entströmte.

Julian bewarf eine Kuh am Straßenrand mit dem Eiskratzer und MC der Dachs befeuchtete die Polster und zerlegte gekonnt offiziell anmutende Papiere, die der Regierungsstatthalter auf dem Rücksitz hatte liegenlassen, statt sie in seinen Aktenkoffer mit Zahlenschloss zu sperren. Venezuela bückte sich zum Autoradio, und für Sekunden konnte ich ihre fabelhaften Spitzbubenbrüste sehen. Mein Herz machte einen Satz. In Gedanken ging ich nochmals die fünf Punkte durch, die mir Peggy am Telefon eingetrichtert hatte. (»Erstens, mach ein fröhliches Gesicht. Zweitens, sorge dafür, dass ihr wohl ist in deiner Umgebung. Also fuchtle nicht nervös mit den Händen herum, schwatz keine Scheiße und sperr die Ohren auf. Drittens, lade sie mit Geschenken voll. Viertens, reise mit ihr durch die Wildbahn und beschütze sie. Fünftens, nimm deinen Mumm zusammen. Red nicht um den Brei herum, fang an zu knutschen – aber sacht, damit sie nicht vor Schreck aus den Socken springt. Um wen handelt es sich?« – »Venezuela Lüthi.« – »Die Abbruchspezialistin? Die sprengt noch das Bundeshaus mitsamt der Regierung in die Luft.« – »Beim Teufel, das tut sie«, sagte ich bewundernd.)

Wir glitten an abgeschiedenen Dörfern und verunkrauteten Weilern vorbei, kamen durch Rümligen, Toffen, Belp, Kehrsatz, Muri, dann rollten wir über die schmale Nydeggbrücke direkt nach Bern hinein. Ich behielt beide Hände am Lenkrad, und es war verwirrend, diese großartige Hundertdreißigtausend-Franken-Maschine unter meinen Händen in Bewegung zu spüren. Ich fuhr nun etwas langsamer, um dem Bentley einen Weg durch das Gewühl von Taxis, öffentlichen Verkehrsmitteln, Autos und Menschen zu bahnen. Ich hatte keinen Führerschein, und ich tat vor Venezuela so, als ob ich fahren könnte (und tat es auch). Ich wollte nicht, dass sie an mir zweifelte, ich war jetzt ein weltgewandter Bursche, ich hatte ein echtes englisches Triebwerk unter dem Hintern, einen scharfen Dachs und einen Panzergrenadiersoldaten auf dem Rücksitz. Ich lehnte mich zum Beifahrersitz herüber und wollte Venezuela ins Antilopenauge pusten, und sie musste schmunzeln, weil ich ihr Ohr getroffen hatte. Ich kurbelte das Fenster herunter und beschimpfte die Radfahrer, die dem Wagen zu nahe kamen. Julian befahl mir anzuhalten, und ich stellte den Wagen in der blauen Zone ab. MC der Dachs mit dem roten Schal und Julian sprangen hinaus und machten sich auf, die Tiere aus den Zoohandlungen zu befreien. Ich rannte um die glitzernde Kühlerhaube herum und öffnete Venezuela den Schlag, ganz in der Art, wie es die gediegenen Kerle in Sonntagnachmittagsfilmen tun. Eine kühle Brise wehte über die Stadt und rieselte die Sandsteinfassaden hinunter. Autos und Trolleybusse drängten vorwärts, schreckten blaue Tauben und Betagte an Gehhilfen auf. Arbeitslose Jungs mit gefetteten Haaren knackten Finger und glotzten in verschiedene Richtungen. Ein greiser Mann in Frauenkleidern schleppte ein Megafon über den Fußgängerstreifen.

Ich hielt Venezuela den Arm hin, und sie zog sich daran hoch. Wir ließen einander nicht los, wir standen wie festgewachsen da, ihre Hand auf meinem Arm.

»Gehen wir einkaufen?«, fragte ich blöd.

»Warum nicht.«

»Vielleicht sollten wir auch nur so durch die Straßen laufen und ein paar Zeichen setzen.«

»Großartig.«

»Ich will aber keine Scheiben zerdeppern.«

»Dann lass es bleiben.«

»Wenn ich darüber nachdenke, weiß ich gar nicht, ob ich durch die Straßen laufen oder einfach ein bisschen mit dir rumstehen will.«

»Ja, was willst du denn nun wirklich?«

Der greise Mann in den Frauenkleidern wurde von einem Polizisten wegbegleitet, nachdem er das Megafon angesetzt und sich darüber verbreitet hatte, dass Jesus eine Frau gewesen sei. Was ich wirklich wollte? Ich wollte aufhören, Mist zu bauen und mich selbst zu überlisten, und ich wollte Venezuela in der blauen Zone von Bern einen Kuss geben auf die Art der Europäer. Nebel brennt.

Venezuela blickte mich an, ihre braunen Augen glänzten, in ihr wundervolles, unersetzliches Gesicht grub sich ein Lächeln. Ich begann zu glühen und zu beben und von zehn an rückwärts zu zählen. Ich erwartete natürlich ein Unglück. Fliegende Untertassen aus dem Weltraum, einen Wirbelsturm, Weltkrieg Nummer drei, eine Eiszeit ... Aber es passierte nichts. Ich zählte einfach weiter und die Furcht war verschwunden. Als ich bei vier angekommen war, fühlte ich herrliche Qualen. Bei drei zog mich Venezuela langsam zu sich. Bei zwei schloss ich die Augen und hielt den Atem an. Bei eins berührten sich unsere Nasenspitzen und ich glaubte zu sengen.

Bei null tauchten wir ab, und als wir wieder auftauchten, war ein neuer, ganz normaler, vielversprechender Tag, und ich wagte wieder zu atmen.

Planet Obrist

Franz Obrist und MC der Dachs sind zurück. Mit fünfzehn Franken in der Tasche verlassen sie Bern und machen sich zu Fuß auf den Weg nach Zürich-Oerlikon, Österreich, warum nicht die Mongolei! Franz Obrist verblüfft uns und träumt – vom Glück und wie es ohne unnötige Anstrengung zu erreichen ist, und vielleicht von Venezuela Lüthi …

Spaziergänger Zbinden

Am Arm des Zivildienstleistenden Kâzim begibt sich der 87-jährige Lukas Zbinden auf eine Weltenreise durchs Altersheim. Treppe um Treppe, Stockwerk um Stockwerk zieht es den leidenschaftlichen Spaziergänger hinaus auf die Wege, auf denen er ein Leben lang an der Seite seiner Emilie dem Sinn des Lebens nachgespürt hat. Eine hinreißende Liebesgeschichte.

Viel Gutes zum kleinen Preis

Darin findet sich: Nützes und Unnützes, Wissen und Rat von A–Z; Märchenhaftes und Groteskes, darunter das Märchen vom Dichter und der Buchhändlerin; ein philosophisch relevanter Fragenkatalog und nicht zu vergessen: die legendären Kinderbriefe an den Satan. Ein Feuerwerk an wundersamen Texten und abgründigen Zeichnungen.

Mehr zu Christoph Simon im Bilgerverlag auf
www.bilgerverlag.ch

CLAIRE KEEGAN *Das dritte Licht*
Ein kleines Mädchen wird zu entfernten Verwandten auf einer
Farm im tiefsten Wexford gebracht, wo es den Sommer verbringen wird. Es ist ein ungewohnt schöner und behaglicher Ort.
Aber es gibt auch ein trauriges Geheimnis, das einen Schatten
auf die leuchtend leichten Tage wirft, in denen das Mädchen
lernt, was Familie bedeuten kann.

TAMTA MELASCHWILI *Abzählen*
Mittwoch, Donnerstag, Freitag – drei aufregende Tage für
Ninzo und Zknapi. Drei Tage, an denen die 13-jährigen Freun-
dinnen nicht nur die üblichen Freuden und Leiden des Mäd-
chenseins erleben, sondern auch erfahren, was es heißt, in einer
gottverlassenen Konfliktzone zu leben, in der sonst bloß noch
Kinder, Alte und Krüppel verblieben sind.

FERNANDO CONTRERAS CASTRO
Der Mönch, das Kind und die Stadt
In einem Bordell von San José kommt ein Kind zur Welt. Die
Huren verstecken den Jungen, und Jerónimo, Ex-Mönch und
Bruder der Bordellköchin, kümmert sich um ihn und bringt
ihm die Welt bei, wie er sie aus den gelehrten Büchern kennt –
bis auch der Mönch sich schließlich ein Herz fasst und sie ge-
meinsam durch die Straßen und Märkte ziehen.

CLAUDIA PIÑEIRO *Ein Kommunist in Unterhosen*
Argentinien, Sommer 1976: Ein Mädchen beobachtet seine
Umgebung. Die politische Realität bricht in Form von Zensur,
Geheimnissen und Verdächtigungen in die kleine Vorstadtwelt
der Familie ein. Das Mädchen muss sich zum ersten Mal fra-
gen: Was kann ich sagen? Und wann ist es besser zu schweigen?

Mehr über alle Bücher und Autoren auf *www.unionsverlag.com*

ROB ALEF *Kleine Biester*

Für das Wohl ihrer Kinder ist manchen Eltern jedes Mittel recht. Rob Alefs feinsinniger Kriminalroman führt in die Welt von Schulsponsoring und Schülermobbing, Elternwahn und Ehrgeiz, wo der Traum von der bestmöglichen Bildung lebensbedrohliche Gefahren erzeugt.

PETRA IVANOV *Geballte Wut*

Sebastians Leben ist eine einzige Abwärtsspirale. Die Eltern sind enttäuscht, Freunde hat er kaum. Als er Isabella kennenlernt, scheint sein Leben eine Wende zu nehmen. Doch statt auf sicheren Boden, führt ihn diese Beziehung aufs Glatteis. Unfähig, sich aufzufangen, schlittert Seb geradewegs in eine Katastrophe.

LAURIE LEE *Cider mit Rosie*

Laurie Lee erzählt von seinem weltabgeschiedenen, englischen Dorf, wo die Natur die Fantasie befeuert: blendendes Tageslicht, das die Kinder dazu verführt, sich streunend zu verlieren, die geräuschdurchwirkte Dunkelheit der Nacht, in die man sich besser nicht hinauswagt. Eine der schönsten Kindheitserinnerungen in der Literatur des 20. Jahrhunderts.

WENDY GUERRA *Alle gehen fort*

Nieve lebt auf Kuba bei ihrer Mutter und erzählt nur ihrem Tagebuch, was sie wirklich denkt. Als sie zu ihrem alkoholkranken Vater ziehen muss, wird ihr Tagebuch zu ihrem einzigen Rückzugsort. Nach und nach verlassen alle um sie herum die Insel – Freunde, Familie, Geliebte. Nur Nieve bleibt zurück, auf der Suche nach ihrem Platz im Leben.

Jørn Riel *Das Haus meiner Väter*

Mit achtzehn Jahren brach Jørn Riel nach Grönland auf. Sechzehn Jahre lebte er dort im unzugänglichen Nordosten. Als die Einsamkeit ihn zu überwältigen drohte, begann er, seinen Gefährten Geschichten zu erzählen. Dies ist die Geschichte des Inuit-Jungen Agorajaq, seiner zwei weißen Väter, seiner drei Onkel und ihrem Haus am Fuß des Berges Miss Molly.

Romesh Gunesekera *Riff*

Im Jahr, als Sri Lanka unabhängig wird, kommt der elfjährige Triton als Boy in das Haus von Mister Salgado. Für den Jungen wird das Haus zu einem abgeschlossenen Mikrokosmos. Hintergründig erzählt Triton seine Geschichte. Naiv und wissend zugleich – die eindrückliche Stimme eines Jungen, der in einer zerbrechenden Welt erwachsen geworden ist.

Vaddey Ratner *Im Schatten des Banyanbaums*

Die Kindheit der siebenjährigen Raami endet jäh, als die Roten Khmer in Kambodscha die Macht übernehmen und sämtliche Bewohner aus der Hauptstadt vertreiben. Die behütete Welt der Adelsfamilie bricht zusammen. Aus der Perspektive eines fantasiebegabten Mädchens erzählt Vaddey Ratner eine unfassbare Lebensgeschichte, die auch die ihre ist.

Jesús Carrasco *Die Flucht*

Ein Junge flieht. Die Schreie seiner Jäger verfolgen ihn. Auf seiner Flucht durch die karge Landschaft trifft der Junge einen alten Ziegenhirten. Inmitten einer von Misstrauen geprägten Welt ohne Moral oder Menschlichkeit entsteht ein ungewöhnliches Band. Ein Roman zwischen packender Abenteuergeschichte und literarischer Parabel.

TSCHINGIS AITMATOW *Dshamilja*
Die lebensfrohe Dshamilja lernt den träumerischen Danijar kennen und lieben. Mit den Augen eines Kindes, das zu verstehen beginnt, erzählt ihr junger Schwager Seït, welch eine Macht die Liebe sein kann.

TSCHINGIS AITMATOW *Der Junge und das Meer*
Am Ufer des Ochotskischen Meers leben die Niwchen, ein Volk von Fischern und Robbenjägern. Der halbwüchsige Kirisk darf zum ersten Mal mit aufs Meer hinausfahren. Begleitet wird er von seinem Vater, vom Onkel und von Organ, einem weisen Greis. Als sich das Boot im dichten Nebel verirrt, wird aus der Weihe ein lebensgefährliches Abenteuer.

TSCHINGIS AITMATOW *Der weiße Dampfer*
Der Junge wächst als einziges Kind in einer abgelegenen Försterei bei den Großeltern auf. Auf dem Issyk-Kul-See sieht er in der Ferne immer wieder einen weißen Dampfer, der ihn in seinen Tagträumen zum Vater bringt. Der weiße Dampfer ist neben Dshamilja eines der wichtigsten und bekanntesten Werke von Tschingis Aitmatow.

TSCHINGIS AITMATOW *Kindheit in Kirgisien*
Aitmatow erzählt von seiner Jugend: Er war noch zu klein, um richtig aufs Pferd zu steigen, da musste er schon als Sekretär des Dorfsowjets die Steuern eintreiben und den Frauen die Todesmeldungen überbringen. Aber zu dieser kirgisischen Kindheit gehört auch das Eintauchen in die reichen Überlieferungen seines Volkes, gehören heitere Erinnerungen und Erlebnisse.

Mehr über alle Bücher und Autoren auf *www.unionsverlag.com*

YAŞAR KEMAL *Salman*

Ismail Aga liebt das Waisenkind Salman wie einen eigenen Sohn und Erben, bis ihm seine Frau einen Knaben gebärt: Mustafa. Nun schleicht sich die Schlange der Eifersucht ins Haus. Wie in keinem anderen Roman hat Yaşar Kemal in dieser großen Familiensaga die Tragödie Anatoliens und persönliche Erlebnisse verarbeitet.

YAŞAR KEMAL *Salih der Träumer*

Ein aufregender Sommer für Salih, den Träumer und Taugenichts. Das verletzte Möwenjunge, das er am Strand gefunden hat, braucht seine ganze Fürsorge. Bloß: Wer kann ihm helfen? Vielleicht Käptn Temel? Oder doch seine garstige Großmutter? Eine bezaubernde Kindheitsgeschichte voller Hoffnungen, atemraubender Schrecken und tiefer Gefühle.

YAŞAR KEMAL *Töte die Schlange*

Ein Mann wird vom Geliebten seiner jungen Frau erschossen. Der büßt mit dem Leben, aber für die Mutter des Getöteten ist die Schwiegertochter die eigentlich Schuldige, nach dem Gesetz der Blutrache soll sie sterben. Weil keiner im Dorf es übers Herz bringt, der schönen Esme ein Leid anzutun, verfällt die Großmutter auf einen schrecklichen Plan.

MANO DAYAK *Geboren mit Sand in den Augen*

»Jedes Mal, wenn ich der Wüste gegenüberstehe, führt sie mich auf die erregende Reise in mein eigenes Ich. Die Wüste scheint ihrem Bewohner ewig, und sie schenkt diese Ewigkeit dem Menschen, der sich ihr verbunden fühlt.« Der Führer der Tuareg-Rebellen schildert in dieser Autobiografie sein bewegtes, viel zu kurzes Leben.

Mehr über alle Bücher und Autoren auf *www.unionsverlag.com*

Mehr über alle Bücher und Autoren auf *www.unionsverlag.com*

Unionsverlag Taschenbuch

Mehr über alle Bücher und Autoren auf *www.unionsverlag.com*